70 Meilen zum Paradies

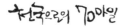
천국으로의 70마일

1판 1쇄 2015년 10월 15일
1판 4쇄 2022년 7월 20일

글 로베르트 클레멘트   **옮김** 함미라   **일러스트** 안병현(http://moosn.com)

펴낸이 모계영   **펴낸곳** 가치창조
출판등록 제406-2012-000041호
주소 서울시 종로구 사직로 8길 34, 1104호(내수동, 경희궁의아침 3단지 오피스텔)
전화 070-7733-3227   **팩스** 02-303-2375
이메일 shwimbook@hanmail.net
ISBN 978-89-6301-121-9 43850

가치창조 공식 블로그 http://blog.naver.com/gachi2012
단비청소년은 가치창조 출판그룹의 청소년책 전문 브랜드입니다.

로베르트 클레멘트 지음 | 함미라 옮김

단비청소년

1

　　파도가 끊임없이 바위에 부딪히며 하
얗게 부서지는 작은 만. 그곳은 샤라가 가장 좋아하는 장소였다.
숙소에서 몇백 미터도 채 떨어지지 않은 곳에는 넓은 백사장이
펼쳐져 있었다. 이곳에서 샤라는 바람결을 느끼며, 입술에 와 닿
는 소금기를 맛보았다.

　갈매기들이 휘감겨 올라가는 바람을 타고 절벽 위로 날아오르
더니, 무중력상태에 떠 있는 것처럼 날갯짓 한 번 없이 유유히
하늘을 갈랐다. 바닷속에선 작은 게들이 잰걸음으로 바삐 움직
였다. 환한 태양빛과 불어오는 바람결에 세상이 활기차 보였다.

　오늘은 이웃 아이들이 샤라에게 물안경을 빌려주었다. 물안경
이 있으면 바닷속이 잘 보였다. 샤라는 바위에 난 구멍들 속에
서 성게와 엄청나게 많은 섭조개를 찾아냈다. 오후에 샤라는 붉
은 불가사리 한 마리와 샛별처럼 빛나는 게들을 바위 위로 가져
다 놓았다. 그리고는 붉은 산호초 숲 사이에서 떼를 지어 우아하

게 춤추고 있는 물고기들을 홀린 듯 살펴보았다. 그러면서도 발광해파리를 피하느라 계속 신경을 곤두세웠다. 발광해파리의 촉수는 머리카락처럼 얇지만, 독을 품고 있어 채찍처럼 상처를 입힐 수 있다는 걸 잘 알고 있었기 때문이다.

샤라는 단 몇 시간이긴 하지만, 모든 근심 걱정을 잊을 수 있는 청록색 마술의 세계에 있었다.

저녁 무렵, 저물어 가는 태양빛이 바위 벽을 물들일 때면, 아이들과 함께 샤라도 마을로 되돌아갔다. 그러나 숙소로 돌아가기 전 샤라는 언제나 커다랗게 벌어진 바위틈 사이로 기어 올라가면 바다를 바라보곤 했다.

"저 건너 어딘가에 유럽이 있어."

구 도시의 구석진 곳은 좁고, 축축하고, 썩은 냄새가 진동했다. 길모퉁이마다 물건값을 두고 열띤 흥정을 하는 모습이 눈에 띄었다. 수천 년간 위용을 잃지 않고, 총안(적군을 향해 대포나 총을 쏘기 위해 성 외벽에 내어놓은 구멍_옮긴이)이 있는 통로와 각진 망루를 갖춘 성벽이 메디나(원래는 '예언자의 도시'라는 뜻의 이슬람교 성지를 가리키는 말이나 현재는 북부 아프리카 지역의 오래된 이슬람권 성곽도시들을 일컫기도 한다. 본문에 나오는 스팍스의 메디나 외에도 패스의 메디나, 수사의 메디나 등 메디나가 있는 지역이 여러 곳이 있다. 사람들이 많이 오가는 특성 때문에 메디나 내에는 시장이 형성되어 있는 경우가 많다_옮긴이)를 둘러싸고 있었다. 좁고 고불고불한 골목길은 일단 들어서면 어디로 가야 할지 갈피를 잡을 수 없었다.

시아드는 성문 앞에 서서 주위를 둘러보았다. 정말이었다. 사람들이 이야기해 준 조그마한 구두 가게가 거기 있었다.

"저, 해적을 찾고 있습니다."

남자가 그를 힐끗 쳐다보았다. 그러고는 의심스런 눈초리로 찬찬히 뜯어보며 물었다.

"해적이라니요?"

"사람들한테 들었습니다. 당신한테 오면 해적에게 데려다줄 수 있다고요."

"누굴 말하는 건지 전혀 모르겠소."

구두장이 남자는 짜증스럽게 투덜거리고는 다시 구두 연장을 집어 들었다. 그는 바부쉬 한 켤레를 만들고 있었다. 바부쉬는 부드러운 염소 가죽으로 된 튀니지 특유의 뾰족코 슬리퍼이다. 제아무리 '내로라'하는 기계라도 튀니지 수공업자들의 바느질 솜씨는 근처도 못 따라온다고, 그래서 이른바 이것을 만드는 기계는 세상에 존재하지 않는다고 하는, 바로 그 전설의 신발이다.

시아드는 그래도 물러서지 않았다.

"하지만 여기가 성문 옆에 있는 구두 가게가 맞지 않습니까?"

남자는 아예 시아드를 등지고 앉아서, 눈길 한 번 주지 않았다.

시아드는 암호를 말해야 한다는 생각이 퍼뜩 떠올랐다.

"해피 랜딩Happy landing."

갑자기 구두장이 남자가 몸을 돌리더니 표정이 환해졌다. 남자는 조심스럽게 사방을 둘러본 다음, 남자의 어린 아들을 불렀다.

"이 아이는 다마크라고 해요. 여행사까지 가는 길을 안내해 줄 거요."

이 말과 동시에 그는 시아드에게 한쪽 손을 쑥 내밀었다. 시아드는 바지 주머니를 뒤적여 2디나르(디나르 자체는 이라크의 화폐단위이나, 리비아나 모로코 등지에선 자국에서 통용되는 디나르가 따로 있음. 여기선 튀니지 디나르인 TD를 뜻함_옮긴이)를 꺼냈다.

"여행사라……."

생각할수록 긴장감이 커졌다.

소년은 수많은 골목길과 계단, 아치형의 성문, 오래된 농가와 막다른 골목으로 이루어진 얽히고설킨 미로 속으로 그를 이끌고 갔다.

'여행사'는 찾기가 쉽지 않았다. 가는 길에 보니까 가끔씩 스팍스의 메디나 중앙에 있는 거대한 이슬람 사원의 첨탑이 보였다. 오후의 햇살을 받아 대리석 탑의 꼭대기가 황금빛으로 반짝였다. 구리 세공사들이 망치를 두들기며 접시와 주전자에다 정교한 장식을 넣고 있었다. 장사꾼들은 저마다 자기네 가죽 제품과 양탄자, 옷, 도자기 그릇이 최고라며 물건 칭찬을 늘어놓았고, 큰 소리로 온갖 몸짓을 다 써 가며 물건을 팔았다. 소년은 지하도 한 곳을 지나고 난 뒤 점토로 지은 작은 집 앞에 멈춰 섰다.

물결 모양으로 골이 진 함석 문을 열자 곧바로 여행사의 내부가 드러났다. 여행사는 방 한 칸이 전부였다. 검은 머리를 바짝 깎은 투실투실한 남자가 양탄자 위에 길게 몸을 뻗고 누워 있었다. 그는 물건을 기다리고 있었다.

그의 '사무실'로 오는 길은 현지인의 도움을 받지 않고는 절대 다시 찾아오지 못하도록 고른 길이었다. 해적에겐 이런 안전 조처를 취해야 할 이유들이 있었다. 그의 본업은 사람을 밀수하는 것이었기 때문이다.

"나는 '하싼'이오. 이 사람은 우리 여행사 직원 '알리'라고 하고."라고 말하며 그는 책상 앞에 앉아 있는 한 남자를 가리켰다. 그러고는 누워 있던 양탄자에서 무겁게 몸을 일으켰다.

시아드는 이 인간 밀수꾼 두 명이 가명을 쓴다는 걸 알았다. 젤라바(주로 아랍권에서 즐겨 입는 남자들의 겉옷으로 넓고 긴 소매에 후드가 달림_옮긴이)를 걸친 그들은 아랍 지방의 평범한 상인처럼 보였지만, 그들이 제공해야 하는 것은 이 더러운 시장에서 구할 수 있는 가장 값비싼 것. 즉 '미래'였다. 시아드는 알리에게 자신의 이름을 말했다. 알리는 노트를 한 장 한 장 넘겼다.

"차 드시겠소?"

시아드의 대답은 기다리지도 않은 채, 하싼이 민트차를 한 잔 갖다 주었다.

"몇 자리나 필요하시오?"

"무슨 질문이 그렇습니까?" 시아드는 조급해하며 말했다. "제가 두 자리 필요하다고 한 걸 분명 알고 계실 텐데요?"

두 남자가 서로 눈짓을 주고받았다. 알리는 노트를 옆으로 밀쳐놓고 비밀 장소에서 노트북 하나를 꺼냈다. 나지막한 위잉 소리와 함께 화면에 프로그램이 떴다.

"여기에 아이에 관한 게 뭐가 있네. 몇 살이죠, 아이가?"

"열여섯 살입니다."

시아드는 거짓말을 했다. 그의 딸 샤라는 곧 열네 살이 된다. 그렇긴 하지만, 나이보다 더 커 보이기도 하고, 또 이들이 경우에 따라 너무 어린 승객은 문제 삼을지도 모른다는 생각이 들어서였다.

"좀 더 참으셔야겠소. 며칠은 더 기다려야겠는걸."

"기다려라, 기다려라, 기다려라!" 조바심에 시아드는 날카롭게 소리를 질렀다. "도대체 우리보고 얼마나 더 기다리라는 겁니까? 지금이 벌써 10월 초이지 않습니까? 곧 겨울 폭풍이 시작되는데, 그러면 작은 배로는 항해를 할 수 없잖아요. 점점 더 위험해질 거라고요."

두 남자는 무덤덤하게 그를 바라보았다, 거의 적을 대하는 듯한 표정이었다.

'여행사 직원'이 담배에 불을 붙인 뒤 진한 연기 구름을 내뿜었다. 뿌연 담배 연기 사이로 그가 말했다.

"9월 달에 배 두 척을 잃었소. 튀니지 비밀경찰이 몰수해 갔지. 그걸 대체할 배를 구하느라 얼마나 애를 썼는지 몰라요. 게다가 우리는 1등급 배만 취급하거든."

"우리를 찾는 고객의 안전이 최우선이지." 하싼이 조롱기 섞인 얼굴로 찡그리며 말했다. "당신 말이야, 우리가 당신과 당신 아이를 낡아 빠진 조각배에다 실어 나르길 원하는 건 아니겠지?"

골목에서 들려오는 소음은 대단했다. 떠버리 장사꾼들이 귀청이 떨어져라 외쳐 대는 소리가 닭 울음소리, 오토바이 소음과 한데 뒤섞여 가히 폭력적이었다. 그 와중에 하싼의 핸드폰마저 계속해서 울려 댔다. 시아드는 신경이 날카로워질 대로 날카로워졌다.

그는 더 이상은 기다릴 수 없다고 이야기했다. 해변을 따라 몸을 숨기고 있는 아프리카 난민들은 튀니지 경찰의 일제 단속에 걸릴까 봐 날마다 불안 가운데 지내고 있다고도 말했다. 게다가 숙소를 제공한 사람에게 낼 돈도 빠듯하다고 말했다.

알리는 표정 하나 변하지 않았다. 냉소적인 자만심이 고스란히 드러나는 표정이었다. 그는 컴퓨터 자판을 두드리며 모니터를 바라보았다.

"별로 신경 쓸 일은 아닌데 문제가 하나 있네……. 배에서 두 자리를 얻고 싶으면, 500달러를 더 내야겠는걸."

시아드는 두 팔과 어깨까지 부들부들 떨렸다. 어찌나 화가 났는지 얼굴이 뻘겋게 달아올랐다.

"난 소말리아에서 4200달러를 지불했어요. 이 가격에 람페두사로 건너가는 비용까지 다 포함되어 있다고 했습니다. 당신들 같은 사기꾼 모리배들에겐 단 한 푼도 더 낼 수 없어요."

"언제 돈을 치렀는데?"

하싼이 그에게 버럭 소리를 질렀다.

"6월 초요."

"그래? 그렇다면 거의 반년 전이로군. 그 사이에 일이 좀 달라졌거든."

시아드는 그들을 두 주먹으로 흠씬 두들겨 패고 싶은 심정이 들었다.

알리가 그를 진정시켜 보려고 했다.

"상황이 자네가 생각하는 것보다 더 복잡하다네, 친구. 튀니지와 이태리가 새로운 협정을 맺었거든. 조직에서 튀니지 해안경비대에 꽂아 줘야 할 돈이 점점 더 많아져서 말이야."

시아드는 애써 감정을 억눌러야 했다. 벌겋게 달아오른 그의 얼굴 위로 구슬땀이 흘러내렸다.

"우리는 그냥 소규모 중개상에 불과해." 하싼이 쉬지 않고 차를 저으며 말했다. "요금은 조직에서 결정해. 우리는 지시에 따를 뿐이지." 그의 입가로 조롱 섞인 미소가 스쳐 갔다.

시아드는 벌떡 일어나 알리의 셔츠 깃을 부여잡고 그를 흔들어 댔다. 하싼이 달려들어 시아드에게 한 방 타격을 가하는 바람에 시아드는 비틀거리며 벽 쪽으로 나가떨어졌다. 어느 새 알리가 권총을 빼어 들고 시아드의 머리에 갖다 댔다.

"여기선 예의 없는 사람을 좋아하지 않지."

두 남자는 시아드를 옴짝달싹 못하게 붙잡아 진흙 집 벽 쪽으로 밀쳤다.

"밖에선 총소리가 안 들려. 우리는 자네를 간단히 사라져 버리게 할 수 있지. 저기 바깥에 카페트가 하나 있는데 말이야, 그게 자넬 둘둘 말고도 남을 정도로 커. 그렇게 되면 자네의 여행은 성벽 근처 하수구에서 끝나는 거지."

그들은 다시 시아드를 의자 위로 밀쳤다. 시아드는 무너지듯 주저앉은 채 흐느껴 울었다. 너무나도 괴로운 악몽을 꾸고 있는 것만 같았다. 하필 왜 이런 악당들과 엮였단 말인가? 이제 그는 영락없이 악당들에게 넘겨진 몸이었다.

다른 선택의 여지가 없었다. 그는 피같이 아끼던 비상금 달러에 손을 댈 수밖에 없었다. 시아드는 단추를 몇 개 풀어 셔츠 안쪽을 보여 주며 칼을 좀 달라고 부탁했다. 숨겨 두었던 비상금 주머니의 솔기를 조심스럽게 틀어 낸 다음 달러 지폐를 꺼내었다.

알리가 물었다. 보트 가장자리의 자리를 원하는지 아니면 보트의 중간 자리를 원하는지. 그는 상대적으로 물에 빠질 확률이 적으니만큼 중간 자리가 그만큼 더 안전하다는 점을 강조해서 말했다. 문제는 100달러를 더 내야 한다는 것이었다.

시아드는 그 조건을 받아들일 능력이 없었다. 그의 수중엔 이제 50달러밖에 없었다. 이것 이외에 남은 마지막 비상금은 아내가 끼었던 금반지가 전부였다.

운반 담당책인 이들은 달러를 세고는 불빛에 지폐를 비추어 본 뒤, 색색의 다양한 도장이 찍혀 있는 표를 그에게 건네주었다.

"됐어. 자네 앞으로 두 자리가 예약되었네. 여기, 유럽으로 가는 입장권일세. 우리 쪽에서 소식이 갈 걸세."

"숨어, 경찰차다!"

사냥꾼에게 쫓겨 구석으로 내몰린 짐승처럼 시아드는 그의 딸 샤라와 함께 염소 우리 안에 웅크리고 앉아 있었다. 몇 초 전 판자촌에 경보가 울려 퍼졌다. 시아드의 귓전으로 가쁘게 숨을 몰아쉬는 딸의 숨소리가 들려왔다. 딸아이의 이마에 송글송글 땀방울이 맺혔다. 샤라는 쌕쌕거리며 쇳소리같이 특이한 날카로운 소리를 냈다.

잠깐 동안, 모든 것이 정지한 듯 사방에 고요가 내려앉았다. 어찌나 조용한지 시아드는 숨 쉴 엄두조차 나질 않았다. 잠시 뒤, 구구거리는 비둘기 소리, 얄미울 정도로 즐겁게 지저귀는 참새 소리가 들려왔다.

"이제 나와도 되네. 공기가 잠잠해졌어."

두 사람은 안도의 숨을 내쉬었다. 그들에게 묵을 곳을 제공해 준 하비브가 다가왔다.

"이제 괜찮네. 유쑤프가 선술집에서 난동을 부리다가 그들에게 잡혔던 걸세. 경찰관들이 차에다 그를 싣고 와, 그 사람 집 앞에다 밀쳐놓고 가 버렸다네."

시아드와 그의 딸 샤라가 이곳 스팍스 북부에 몸을 숨기고, 그들을 행복의 나라로 싣고 갈 뱃사람을 기다린 지도 이제 거의 두 달이 다 되어 갔다. 대부분의 난민들에게 이 기다림은 사하라사막을 가로질러 도주할 때보다 더 끔찍하게 여겨졌다. 사하라사막에선 적어도 하루하루 유럽에 가까이 가고 있다는 느낌이라도 있었다. 그런데 막상 70마일을 남겨 둔 지금은 하루하루 지날 때마다 자신들의 목적지가 그만큼 더 멀리 물러서는 것만 같았다.

하비브는 놀란 마음을 진정시키라며 시아드와 샤라에게 차를 건넸다. 판자촌은 작은 언덕 위에 있었다. 이 언덕에선 바다까지 널리 펼쳐져 있는 올리브 숲이 보였다. 바닷가에 있는 뾰족뾰족하고 거친 바위들이 파란 하늘 아래 눈부시게 빛나고 있었다. 샤라는 작은 만을 바라보았다. 만을 이루고 있는 바위 벽들이 이글거리는 태양빛을 받아 빛을 내뿜고 있었다. 샤라는 눈을 크게 뜨고 자신의 미래가 있다고 생각해 오던 방향을 응시했다.

"유럽은 어디에 있어요? 저기 저 정도쯤인가요?"

오른손을 들어 샤라는 멀리 바다 위를 가리켰다. 낡은 갈색 셔츠가 바람에 펄럭였다. 그 방향은 시아드가 자주 가리켰던 방향이었다. 그런데도 샤라는 매번 알고 싶어 했다. 지중해 지도에서 샤라는 보았다, 이탈리아에 속한 그 섬이 튀니지 해안에서 손톱만큼도 떨어져 있지 않은 것을.

사하라사막을 가로지를 때의 그 끝날 것 같지 않던 길에 비하면 람페두사까지는 훌쩍 뛰면 한 걸음에 가 닿을 가까운 거리였다. 스팍스에 도착하기 전 그들이 보냈던 몇 달 동안의 일이 떠오르자 시아드는 온몸에 전율이 일었다.

그들은 차량 여섯 대에 각각 열두 명씩 나누어 탔다. 빽빽하게 지프차에 끼어 탄 채로, 그들은 에티오피아를 경유하여 수단과 리비아로 이어지는 사하라사막을 가로지르는 위험한 육로로 가야 했다. 가는 길에 죽은 몇 명은 그냥 사막의 모래밭에 파묻은 채 버리고 떠났다. 밤을 틈타 이동했고, 낮 동안에는 태양과 헬리콥터를 피할 곳을 찾았다. 날이 어두워지기가 무섭게 그들은 개미가 굴을 파듯 힘들게 길을 만들며 행렬을 계속했다. 아프리카를 가로지르는 수천 킬로미터에 달하는 그 길을 달랑 셔츠 한 벌에 추리닝 윗도리 하나, 다 해진 바지와 운동화 한 켤레로 버티면서…….

사하라사막에는 지방경찰대 소속의 국경 검문소가 다섯 군데 있었다. 난민들을 운반하는 조직원은 한 곳을 지날 때마다 차에 실은 난민 한 명당 100달러씩 지불해야 했다. 이 통행세는 의무였다. 그렇게 해야 공안 위원들이 눈을 감아 주었기 때문이었다.

갈증으로 거의 죽을 지경에 이르렀던 적도 종종 있었다. 그럴 때면 더러운 웅덩이나 못에 있는 물을 마시고픈 유혹을 물리칠 수 없었다. 차량 행렬 가운데 한 대는 두 번이나 습격을 당했다. 습격 사건을 경험하면서 그들이 분명히 알게 된 것은 그들이 다른 사람의 손에 무방비 상태로 내맡겨진 존재라는 것, 요컨대 도적 떼들에게 내맡겨져, 언제든지 이들의 손에 땡전 한 푼 남기지 못한 채 다 빼앗기고 죽을 수도 있다는 것이었다.

시아드는 딸의 용기에 내심 놀라고 있었다. 1년 전에 엄마와 언니를 잃은 아이였지만, 행동이 야무졌고, 어떤 상황에도 굴하지 않았다.

샤라는 물안경 이야기를 하면서 아빠에게 조개와 불가사리들을 보여 주었다.

"모래사장에 너무 자주 모습을 드러내지 마라. 그자들 눈에 띄면 안 돼."

"하지만 모래사장에 있으나 이 판잣집 안에 있으나 위험하긴 마찬가지잖아요."

"해변을 따라 도로가 나란히 뻗어 있어. 방금 전에 경찰차가 지나간 것을 보고도 그렇게 말하는 거니?" 시아드는 화난 목소리로 덧붙여 말했다. "그리고 또 한 가지. 사람들이 벌써부터 너를 알아보았을 거라는 거다. 틀림없어. 우리 소말리아 사람들은 이곳 사람들보다 피부색이 더 밝거든."

그들이 이곳 판자촌에서 은신처를 찾은 지도 어느새 6주가 지났다. 이곳은 대도시인 스팍스의 분주함과는 아주 거리가 먼 곳이었다. 오전 중엔 아낙네들이 공동 우물가에 모여 마실 물을 긷는 모습을 볼 수 있었다. 그들은 낡은 벤진 오일 깡통에 물을 담아 오두막까지 끌고 갔다. 수천 개에 이르는 원시적인 판잣집들은 무질서하게 다닥다닥 붙어 있었다. 나무와 양철 판, 판지 등을 엮어 만든 판잣집들 뒤편에는 작은 채소밭과 가축우리들이 있었다. 길 위엔 쓰레기 더미와 고물 자동차의 잔해들이 즐비했고, 그 사이로 비쩍 마른 개와 고양이들이 떠돌아다니고 있었다. 이 모든 것 위로 가축 분뇨와 하수구에서 내뿜는 악취가 빨래처럼 널려 있었다.

하루에 세 번씩 '드로'라고 하는 빻은 보리와 설탕으로 요리한 죽이 식사로 제공되었다. 튀니지 사람들은 원래 손님 접대하기를 좋아하는 민족이다. 하지만 찢어지게 가난한 이 판자촌 사람들은 몇 주 동안이나 계속해서 난민들에게 제대로 된 식사를 제공해 줄 만한 형편들이 못되었다.

하비브의 아들은 직장이 있는 몇 안 되는 동네 남자들 가운데 한 명이었다. 그는 하마머 근교에 있는 한 고급 호텔에서 엘리베이터 안내원과 포터(고객들의 짐을 객실까지 날라 주는 일을 하는 사람_옮긴이) 일을 겸하고 있었다. 한 달에 한 번 그가 집에 오는 날이면, 온 식구들은 그가 갖고 올 월급을 기다렸다.

함께 바다를 바라보고 있던 시아드와 샤라의 시야로 쓰레기를 태울 때 나온 연기구름이 역한 냄새를 풍기며 언덕 너머로 흘러가는 모습이 들어왔다. 다시 또 산더미같이 높이 쌓인 새로운 쓰레기 더미 위로 갈매기 한 쌍이 빙빙 돌고 있었다.

"곧 모든 게 달라지겠지." 시아드가 말했다. "일단 람페두사에 도착하기만 하면, 형편이 좋아질 거다."

기다리는 건 사람의 신경 줄을 타들어 가게 했다. 특히 밤만 되면 시아드는 종종 두려움에 미칠 것만 같았다. 쥐가 찍찍거리는 소리에도 깜짝깜짝 놀라곤 했다. 어디선가 갑자기 개라도 짖으면, 오랫동안 잠을 이룰 수 없었다. 야자수 그루마다, 덤불숲마다 사냥꾼이 몸을 숨기고 있는 것만 같았다. 달빛에 일그러진 나무 뿌리들의 모습은 잔뜩 인상을 찌푸리고 그를 잡으러 오는 모습처럼 보였다. 그럴 때면 그는 가만히 누워서 딸의 숨소리에 귀를 기울이고 속히 날이 밝기를 기도하곤 했다.

하비브가 그에게 말해 주었다. 경찰이 오래전부터 여기서 벌어지고 있는 일을 알고 있다고. 난민들이 해안가를 따라 줄곧 몸을 숨기고 있는 것을 가만히 보고만 있지는 않을 것이라고. "경찰이 아무 조처도 취하지 않는 건, 해적들에게 뇌물을 받기 때문이지."라는 설명도 덧붙였다. 그러나 그것만 믿고 있을 수는 없다는 거였다. 1년에 적어도 세 번 정도는 권총을 찬 튀니지 헌병들이 목줄을 바짝 묶은 사나운 양치기 개를 끌고, 해안가의 판자촌을 빗질하듯 샅샅이 훑고 다녔기 때문이었다. 그러고 나면 수백 명의 불법체류자들이 수색망 속으로 걸려들었다.

그날은 기분 좋은 날이었다. 적어도 시아드가 도주 담당 조직원과 접촉을 시작할 수 있었던 날이었으니까 말이다. 그는 오두막 앞에 앉아서 샤라가 토비를 데리고 노는 것을 바라보고 있었다. 그 재롱둥이 강아지는 온갖 재주를 부리며 샤라를 즐겁게 해 주었다. 토비는 재미있는 녀석이었다. 아직 이빨이 작고 뾰족한 것이 생후 3개월쯤 되었지 싶었다. 샤라는 녀석의 눈 속에 있는 아주 조그마한 점을 특히 좋아했다. 샤라는 토비를 보자 곧바로 토비와 친구를 맺기로 했다. 자기처럼 녀석도 엄마를 그리워하는 것 같다고 느꼈기 때문이었다. 샤라는 토비가 완전히 외톨이인 데다 특히 지금이 그 어느 때보다 사랑이 많이 필요한 때라고 생각했다. 잠시 뒤, 샤라가 코비의 양쪽 귀 뒤를 부드럽게 어루만져 주기 시작했다. 그러자 녀석은 촉촉한 제 코를 샤라의 한쪽 손에 슬그머니 밀어 넣었다.
샤라는 아빠에게 토비도 이탈리아로 데리고 가게 해 달라고 계속해서 졸랐다.

"어쩌면 람페두사에 있는 수용소에서 수 주일 동안 기다려야 할지도 몰라. 안 돼, 이 녀석을 섬으로 데리고 갈 수는 없단다."

아빠가 샤라에게 엄하게 타일렀다.

샤라는 어쩌면 토비를 배에 몰래 싣고 갈 수 있을 것도 같았다. 람페두사 섬까지는 불과 이틀이면 되는 거리니까. 하지만 지금 은 무엇보다도 우선 만사를 제쳐 놓고 기다리고 또 기다리며 희 망을 잃지 않는 거다. 배는 내일 올 수도 있고, 모레, 일주일 뒤에 올 수도 있으니까.

2

샤라는 빽빽이 줄지어 있는 납작한 목조 오두막들 위로 땅거미가 내려앉는 걸 바라보고 있었다. 붉은 안개에 뒤덮인 드넓은 하늘이 어둑어둑해졌다. 가벼운 저녁 미풍에 실려 소용돌이쳐 올라간 먼지가 잿빛 면사포처럼 판자촌 위에 자욱이 드리워져 있었다. 아이들은 구멍 난 화물차 바퀴를 오르내리며 놀고 있었고, 어떤 집에서 아낙네 한 명이 집 밖으로 나와 죽은 쥐를 인도에 내다 버리는 모습도 보였다.

길모퉁이마다 장작불이 타올랐다. 슬럼가의 주민들이 차와 음식을 요리하고 있었다. 샤라는 저녁까지 기다리기가 힘들었다. 튀니지의 명절인 오늘, 하비브가 양 한 마리를 도살하여 난민들을 명절 음식에 초대하였다. 난민들도 그들과 함께 명절의 즐거움을 나눠야 마땅하다고 여겼던 것이다. 식사 시간을 위해 음악도 준비되었다. 이웃 남자가 만돌린을 연주했고, 하싼과 그의 아들은 바이올린을, 하비브의 부인은 피리를 불었다. 하비브 자신은 동물 가죽을 판판하게 잡아당겨 만든 다르부카(아랍, 아시리아, 페르시아 등지에서 애용되는 타악기로서 북채 없이 손바닥을 이용하여 소리를 낸다. 우리나라의 절구와 비슷한 생김새를 지녔다_옮긴이)를 쳤다.

하비브는 아버지를 모시고 살았다. 고달픈 삶에 여러 겹으로 주름이 파인 그의 이마 위로 하얗게 센 머리카락이 헝클어져 흘러내렸다. 노인이 쿡쿡 웃으며 말했다.

"지도에서 보면 그 섬은 파리똥만 하게 보이지. 섬을 놓치지 않도록 단단히 조심해야 하네. 부디 좋은 선장을 만나길 바라네."

시아드는 인간 밀수꾼들과 만났던 이야기를 했다.

"내, 그 해적 놈이 누구인지 알고 있지." 노인이 말했다. 바짝 마른 노인의 얼굴 위로 노회한 미소가 스쳐 지나갔다. "사람들이 그러는데 그 해적 놈, 예전에 무기 밀수를 하던 놈이라더구먼. 나중엔 하시시(인도산 대마에서 뽑은 환각제_옮긴이)로 물품을 바꿨다가, 지금은 사람을 밀수하고 있지. 사람 밀수라는 것이 위험하기는 훨씬 덜 위험한데, 돈은 훨씬 많이 들어오거든."

튀니지와 리비아 해안가에 사는 사람들치고 마약 장사보다 도주 방조 영업이 훨씬 이윤이 많이 남는다는 것을 모르는 사람이 없었다. 하시시 밀수꾼들 가운데에도 인신매매로 갈아타는 사람들이 점점 더 많아지고 있었다. 해적은 사실 거대한 도주 방조 마피아의 작은 바퀴 한 개에 불과했다. 그가 맡은 일은 튀니지공화국에서 고객을 모아, 이탈리아로 실어 나르는 것이었다.

노인은 담뱃대에서 담배 연기를 깊이 들이마신 뒤 말했다.

"말하자면, 마피아 조직의 수법만 보면 불법이긴 하지. 하지만 그들이 하는 일 자체로만 보자면 좋은 일 하는 거지. 고통에서 벗어나려는 사람들을 도와주는 거니까. 이 사람들이 혼자 힘으로 고통에서 벗어나기가 어디 간단한 일인가. 그래서 자네들 같은 사람들이 이 사기꾼들에게 의지하게 되는 것이고."

심지어 도주 방조자들이 돈이 없는 난민들에게는 콩팥을 떼어주면 여행 경비를 지불할 수 있다며 난민들을 설득한다는 소문도 돌았다. 튀니스(튀니지공화국의 수도_옮긴이)와 트리폴리스(리비아아랍공화국의 수도_옮긴이)에 있는 병원들 중에 이른바 도주 방조 마피아와 손을 잡고 공동으로 일을 처리하는 의사들이 있다는 것이었다.

이곳에서 사람들의 화제에 오르는 주제는 단 하나, 아프리카인들의 파라다이스, 그들의 천국인 '유럽'이었다. 지난 몇 주 동안 샤라는 유럽에선 18세만 되면 많은 소녀들이 벌써 자기 소유의 자동차를 가질 수 있고, 거리엔 눈을 씻고 찾아보아도 쓰레기 하나 떨어져 있지 않다는 말을 들었다. 샤라의 아빠와 할머니, 할아버지도 늘 유럽에 관한 것들을 반복해서 들려주었다. 샤라는 또 잡지와 텔레비전을 보고 이탈리아와 유럽에 관한 몇 가지를 알게 되었다. 많은 연인들이 길거리에서도 전혀 거리낌 없이 서로 입맞춤한다는 말은 정말로 믿기 어려웠다.

　이웃 오두막집 중 한 곳엔 스테니가 숨어 지내고 있었다. 스테니는 재미있는 청년이었다. 그에게 이 70마일은 그와 그의 꿈과의 간격이었다.

　"120킬로미터(1마일은 대략 1.61킬로미터. 70마일은 112.7킬로미터 정도 된다. 이것을 해안뿐 아니라 현재 있는 곳까지 함께 더하여 대략 계산한 듯하다_옮긴이)밖에 안 남았단 말이지?" 바다 쪽을 가리키며 그가 말했다. "1년 전부터 알게 된 사실이 있는데, 내가 저곳으로 가고 싶어 한다는 거야. 그런데 헤엄을 쳐서 건너야 한다는 것이 문제더라고."

　나이지리아의 고향에는 스테니를 기다리고 있는 여자 친구가 있었다. 그는 유럽에서 돈을 많이 벌면 그녀와 결혼할 작정이었다. 유럽에 도착하는 것만으로도 그는 고향 집에서 존경받는 인물이 될 터였다. 그에게 람페두사는 -이곳에 있는 다른 모든 사람들처럼- 찬양해 마지않는 땅으로 들어가는 문틈과 같은 곳, 재빨리 그 사이로 들어가 문 뒤의 땅에 발을 내딛기를 소망하는 그런 곳이었다.

　스테니는 벌써 두 번이나 도주하려다 실패한 경험이 있었다. 첫 번째 경우엔 모로코 북부의 숲 속에서 몇 개월 동안 숨어 지냈다. 경찰에 대한 끊임없는 두려움 속에서 그는 자신을 스페인으로 데려다줄 배를 기다렸다. 배는 허름하기 짝이 없는 구멍

보트였다. 결국 보트는 안달루시아 해안에서 발각되어, 그 즉시 본국으로 송환 조치를 당하고 말았다.

그다음엔 지중해의 항구도시 탄저(스페인의 그라나다 지역과 인접한 모로코령의 항구도시. 주로 스페인을 경유하는 관광객들이 배를 타고 찾는 관광지이기도 하다_옮긴이)에서 화물차 트레일러 밑에 몸을 숨긴 채 도주 시도를 했었다. 이것은 위험천만한 방법이었다. 대형 화물차의 차축 사이에 끼어 으스러져 죽는 난민들이 속출하였던 것이다. 결국 그는 또다시 수색대에게 잡히고 말았다. 스페인에선 모든 화물차마다 네 개의 케이블이 장착된 기계를 연결하여, 숨어 있는 생명체의 맥박 소리를 짚어 냈기 때문이었다.

유럽이 두 번이나 그에게 발톱을 드러낸 것이었다!

아프리카에 다시 도착하기가 무섭게 스테니는 경찰의 기습 수색에 걸려, 나이지리아로 추방되었는데, 그때까지 그는 아프리카 흑인들 3천 명과 함께 탄저의 오래된 스페인풍의 투우장에 감금되어 있었다.

그는 이번엔 틀림없이 성공할 거라고 확신했다.

"이탈리아에 도착하기만 하면, 나는 유럽 땅 어디든 갈 수 있어."

모두들 배의 도착을 알리는 암호를 전달 받을 날만 손꼽아 기다렸다. 그날이 오면 어떻게 해야 할지는 다들 너무나 잘 알고 있었다. 밤에 중개인이 그들을 해변으로 데려갈 것이다. 짐은 일절 들고 타선 안 된다. 중개인이 거듭거듭 약속한 바대로라면 유럽으로 가는 여행은 완벽한 준비를 갖추고 있었다. 모두를 위해 물과 음식, 심지어 담배까지 넉넉하게 준비되어 있다는 것이었다. 사실 그들 모두 보트가 침몰한 끔찍한 이야기들을 익히 들어 알고 있었지만, 아무도 그것이 두려워 물러서는 사람은 없었다. "우리가 유럽으로 가지 않으면 바다가 우리를 먹어치운다." 이것이 그들의 신념이었다.

어제 처음으로 누군가의 입에서 람페두사 앞바다에서 보트 한 대가 침몰했다는 이야기가 나왔다. 약 난민 열다섯 명이 익사했고, 나머지는 이탈리아 사람들에게 구조되었다고 했다. 보트는 적재정량을 엄청나게 초과한 상태였다고 했다. 하지만 이 모든 것은 어쩌면 그저 소문에 불과한 것일지도 모른다. 더 나은 삶에 대한 희망은 이토록 죽음에 대한 공포보다 강했다. 튀니지까지 오는 데 성공한 사람들은 여러 달 동안 길 위에서 시간을 보내야 했고, 배고픔과 더위에 맞섰던 사람들이었다. 이제 와서 보트 여행이 위험하다는 이유로 여행을 중단할 사람들이 아니었다.

밤이 깊어지면서 사람들은 스테니가 뛰어난 만돌린 연주 솜씨를 지녔다는 걸 알게 되었다.

샤라는 잽싸게 악기를 뺏어 들고 소리를 내 보려고 했다.

"스테니 아저씨, 어떻게 치는 건지 좀 가르쳐 주세요. 나도 아저씨처럼 잘 연주하고 싶어요."

스테니는 샤라에게 우선 악기 잡는 방법 몇 가지를 가르쳐 주면서, 동그란 픽을 들고 만돌린의 금속 현을 뜯는 주법을 보여주었다. 샤라는 끙끙대며 연신 손가락을 흔들어 댔다. 철 줄 네 쌍이 살 속을 아프게 파고들었다.

시아드는 서툰 몸짓으로 스테니를 따라 하는 샤라의 모습을 무척이나 재미있어 하며 보고 있었다. 토비는 팅팅거리는 샤라의 만돌린 소리를 듣자 깽깽거리기 시작했다. 그들은 노래 몇 곡을 더 부르고, 초대해 준 사람을 위해 거듭 건배의 잔을 나눴다. 그런다고 난민들의 고뇌가 정말로 사라지는 건 아니었다. 그들의 마음속엔 공포가 자라고 있었고, 그 자라나는 공포는 그들로 하여금 끊임없이 사방을 두리번거리게 만들었다. 모두들 위험하다고 느끼는 것처럼 보였고, 모두들 위험한 상황을 염두에 두고 있는 것처럼 보였다. 모든 것을 마지막 순간에 망가뜨릴 수 있는 것도 바로 이 어쩔 줄 몰라 하는 두려움이었다. 그들을 튀니지공화국의 본국 송환 수용소로 몰아넣는 주범 역시 바로 이 두려움이었다.

그동안 튀니지공화국에는 외부로 알려지지 않은 곳에 수용소가 약 열 개 정도 세워졌다. 이들 수용소의 운영자금은 이탈리아에서 지원되었고, 그 소재지는 튀니지의 담당 관청에서만 알고 있었다. 하비브는 튀니스시 근교에 수용소 한 곳이 있고, 다른 한 곳은 가베스 지역에 있다고 생각했다. 배를 타고 가는 중이던, 아니면 배를 타기 전이든 튀니지 경찰이나 해안경비대에게 붙잡힌 이들 이민자들이 겪는 운명적 사건은 절대로 유럽이나 아프리카에 알려지면 안 되었다.

토비에게도 명절 음식이 돌아갔다. 평소에 토비는 좁쌀죽으로 만족해야 했다. 토비는 엄청나게 말랐는데, 그걸 알아보는 사람이 없었다. 복슬복슬한 긴 털이 깡마른 몸을 덮고 있었기 때문이었다. 토비는 호기심으로 똘똘 뭉친 녀석이었다. 그리고 녀석의 쾌활함은 전염성이 있었다. 토비와 놀 때면 샤라는 다시 웃을 수 있었다.

스테니가 아름다운 화음으로 만돌린을 치면서 먼 바다를 바라보고 말했다.

"70마일밖에 안 남았어요. 시아드, 결승 지점을 70미터 앞두고 포기한 마라톤 선수에 관해서 들어 본 적 있어요?"

"아니. 하지만 난 이 빌어먹을 보트가 올 때까지 기다리지 못할 것만 같네."

시아드가 대꾸했다.

하비브가 모두의 찻잔에 돌아가며 차를 더 따라 주는 동안, 그의 부인은 모닥불 위에 걸어 놓은 냄비에서 부글부글 끓어오르는 옥수수 죽을 떠서 나눠 주었다. 하비브는 그들이 이렇게 하염

없이 기다려야 하는 이유에 대해 이런 말을 했다.

"이 도주 방조 업자들에겐 자네들을 태우고 갈 보트가 있느냐, 없느냐가 문제가 아니라네. 진짜 문제는 태울 수 있는 마지막 한 자리까지 다 채워지도록 충분한 승객 수가 확보될 때까지 기다리는 것이지."

연로한 하비브의 아버지는 그래도 모두에게 용기를 주려고 애를 썼다. 그는 움푹 들어간 두 눈을 빛내며 말했다.

"희망이 있는 한, 자네들은 살아 있는 거야. 죽는다는 건 삶에 대한 모든 믿음, 모든 희망을 잃어버렸다는 말이지."

들불처럼 소식이 번져 갔다.

"보트가 준비됐다."

배후 조종자들의 지시를 받은 소규모 도주 방조 조직원들에게서 암호로 된 지시 사항이 전달되었다. 빈민 지대 이곳저곳에서 남자와 여자, 아이들이 나왔다. 그들은 잔뜩 겁먹은 짐승 떼처럼 수 주일 동안 이곳에 밀집해 있었다. 빈민촌 오두막집의 구석진 곳 여기저기에서, 또는 작은 동굴 같은 곳에서 그들이 기어 나왔다. 아프리카 전 대륙의 유령이란 유령은 다 모인 것 같았다. 나이지리아에서 온 사람도 있었고, 가나, 라이베리아, 소말리아, 그리고 말리에서 온 사람도 있었다. 더 나은 삶에 대한 꿈. 그들에게 그 꿈은 모든 것을 아끼고 절약할 가치가 있는 것이었다.

그들은 몇 달 동안, 가끔은 몇 년 동안이나 적진을 뚫고 북으로, 북으로 목적지를 향해 왔다. 바싹 마른 몸으로, 기진맥진하여 병든 몸으로 지중해 연안에 도착했다. 그리고 이제 마침내 출발을 앞두게 된 것이다. 유럽을 향해, 그들이 천국이라고 여기는 대륙을 향해!

별이 총총한 멋진 밤이었다. 동작이 굼뜬 키 큰 청년 한 명이 해변까지 무리를 이끌고 갔다. 난민들은 작은 그룹으로 나뉘어 조심조심 도로를 가로질러 갔다. 샤라는 도로 아래쪽으로 자기가 가장 좋아하는 곳인 만으로 내려가는 길이 나 있는 걸 알 수 있었다. 샤라의 마음을 가장 아프게 한 건 토비와 헤어지는 것이었다. 토비는 계속 샤라의 뒤를 졸졸 따라왔다.

"토비, 너는 같이 못 가. 그러니까 이젠 진짜로 거기 서 있어!"

하지만 녀석은 알아듣지 못했다. 토비는 길이 꺾어지는 곳에 다다라서야 마침내 멈춰 서서는 슬픈 눈으로 샤라를 배웅했다.

드디어 보트가 눈에 들어왔다. 보트는 비스듬한 탁상 판처럼 보이는 평평한 한 바위 옆에서 흔들거리고 있었다. 그곳은 이 만에서 배를 정박시킬 수 있는 가장 안성맞춤인 장소였다. 거기 달빛 속에 배가 있었다. 검은 그림자처럼. 배에선 거의 아무 소리도 들리지 않았고, 불도 없었다. 그들을 새로운 삶으로 데려다 줄 배는 나무 보트였다. 채 12미터가 되지 않는 길이에 너비는 3미터 정도 되어 보였다.

"이렇게 호두 껍데기같이 작은 배에서 어떻게 이 인원들이 한 자리씩 차지한다는 거지?"

하미드가 시아드에게 말했다. 하미드는 소말리아 출신의 농부였다. 그는 시아드, 샤라와 사하라사막을 함께 건넜고, 두 사람이 머물던 오두막에서 몇 채 떨어지지 않은 튀니지 가정에 숨어 지냈었다.

나머지 난민들도 불만을 터트렸다. 헤드라이트 전원을 끄고, 맨 앞에 서 있던 지프차에서 남자 두 명이 내렸다. 한 사람은 무리를 더 잘 둘러볼 수 있도록 바위 위로 기어 올라갔다. 시아드는 스팍스 고도(古都)에서 온 이들 두 명의 운반 담당 조직원 가운데 한 명이 하싼이라는 걸 알아챘다.

"여러분은 아무 문제없이 이탈리아로 가게 될 것입니다." 하싼이 연설을 시작했다. "튀니지 해안경비대에 관해선 전혀 두려워할 필요가 없어요. 그들은 우리 편입니다. 흡족하게 돈을 지불해 놓았으니까요."

하싼은 영어로 말했다. 영어는 그곳에 모인 사람들이 가장 많이 알아듣는 언어였다. 하싼과 함께 온 사람이 가끔씩 아랍어로 통역을 했다.

"말도 안 돼!" 갑자기 하미드가 소리쳤다. "방금 인원수를 세어 보았는데 마흔다섯 명이야. 이 인원이 이 배에 전부 올라타면 배가 가라앉고 말 걸세."

이제 난민들의 불만은 그냥 듣고만 있을 수 없을 정도로 커졌다. 하싼은 안절부절 못하며 짜증이 난 목소리로 말했다.

"지금 여기서 오래 싸워 보았자, 시간만 허비할 뿐입니다. 하루 내지 이틀 뒤면 여러분은 이탈리아에 있게 됩니다. 그런데 조금 불편하다고 해서 그걸 갖고 불평할 사람은 없겠지요?"

하싼이 방금 바위로 올려 보냈던 남자를 가리키며 말했다.

"저 사람이 여러분의 선장이오. 이름은 칼리드라고 하고. 경험 있는 사람이니 여러분을 안전하게 목적지까지 데려다줄 것이오. 또 기술상의 문제들도 전부 다 처리할 줄 알아요. 그 밖에…… 일기예보는 좋습니다. 아무 걱정 마세요. 바다는 양어장처럼 잠잠할 겁니다."

서늘한 미풍이 만을 굽이치며 불어왔다. 샤라는 떨고 있었다. 흥분해서 그런 건가? 샤라는 아빠를 꼭 붙잡았다. 아빠가 긴장하고 있는 게 느껴졌다.

"람페두사 전방 10마일 내지 15마일에 이르면, 여러분은 이미 성공한 거나 다름없습니다. 이 구역의 바다에는 오일 플랫폼(바다에서 석유를 굴착하여 채취하기 위해 만든 해상 구조물_옮긴이)이 매우 많아요. 이탈리아 해안경비대가 여러분을 발견해서 섬까지 무사히 데리고 갈 것입니다."

사람들은 잔뜩 긴장한 채 말을 듣고 있었다. 꼬마 아이 한 명이 소리 내어 울자 아이의 엄마가 곧바로 아이를 달랬다.

"늦어도 그때쯤에는 여러분이 갖고 있는 주머니칼이나 무기로 간주될 만한 물건들은 모두 바닷물에 던져 버려야 합니다. 그렇지 않으면 육지에 도착할 때 이탈리아인들에게 오해를 사게 되어요. 마약류는 어떠한 경우에도 단 1밀리그램이라도 육지로 밀반입해서는 안 됩니다. 그 부분에 관한 한 이탈리아인들에겐 어떤 농담도 안 통하니까!"

하싼이 한 남자에게 손가락질을 하며 당장 담뱃불을 끄라고 요구했다. 또한 배가 출발할 때 한 명도 담배를 피워선 안 된다는 주의도 주었다. 해안경비대에 야간 감시 장치가 있는데 열점을 잡아낼 수 있다는 것이었다.

"해안경비대가 뇌물을 받았는데, 우리가 담배를 피우지 말아야 할 이유가 있습니까?"

무리 가운데 누군가 물었다.

"개중에는 우리가 매수하지 못한 사람도 있을 수 있으니까요."

하싼이 말하는 동안 샤라는 주변에 서 있는 사람들을 호기심 어린 눈으로 찬찬히 살펴보았다. 그중엔 아이들도 몇 명 있었고, 더러 여자들도 보였다. 남자들은 다들 샤라의 아빠 나이 정도 되어 보였다.

"누가 도주를 도와주었느냐는 질문을 받게 될 겁니다. 아무 말도 하지 마십시오. 우리 사진도 보여 줄 겁니다. 여러분은 우리를 한 번도 본 적이 없는 겁니다. 그리고 한 가지 명심해 둬야 할 것이 있습니다. 우리 조직은 팔이 길어서, 멀리 유럽까지도 거뜬히 손을 뻗칠 수 있다는 겁니다."

이탈리아에서 아프리카의 운반 담당 조직원들에 대해 증언한 사람들이 도주 방조 마피아에 의해 살해당하였다는 건 그들 모두 들어 알고 있는 이야기였다. 도주 방조자들은 고향에 있는 일가친척들에게 복수하는 것도 서슴지 않았다.

마지막으로 하싼은 각 나라 국어로 쓰인 행동 입문서를 그들에게 건네주었다. 입문서에는 망명 허가서를 얻기 위해 난민들이 이탈리아 경찰에게 진술하면 좋을 사항들을 권장하고, 그리고 무조건 피해야 할 진술 내용도 강조되어 있었다.

남자들 몇 명이 지프차에서 짐을 부리는 걸 도왔다. 짐은 3일 동안 마실 식수와 배에 쓸 디젤 오일, 그리고 정어리 통조림과 대추야자 열매, 땅콩이 든 자루 두 개였다. 운반 담당 조직원들은 약속을 지켰다. 여행 짐 속에는 담배도 열 개비 들어 있었던 것이다.

그런 다음, 드디어 사람들이 수년 전부터 기다려 왔던 순간이 왔다. 사람들은 그들을 유럽으로 데려다줄 배에 올라탔다. 운반 담당 조직원 두 명은 티켓을 점검하고 앉을 자리를 가르쳐 주었다. 몇몇 난민들과는 몸싸움이 벌어졌다. 운반 담당 조직원들이 그들이 가져온 몇 개 되지도 않는 짐을 빼앗았고, 이에 몇몇 사람들이 거칠게 저항한 것이었다. 한 사람당 작은 봉지 한 개씩만

들고 갑판에 오를 수 있었다. 담요는 가져가도 되었다.

시아드와 샤라, 스테니, 하미드는 뱃머리 부근의 가장자리에 있는 자리 한 개를 찾아냈다. 넘실거리는 파도에 배가 흔들거렸다. 마침내 모두들 배 위에 올랐다. 다시 몇 분이 흘렀다. 마치 몇 시간이 흐른 것만 같았다. 왜 배를 출발시키지 않지? 뭘 더 기다리는 거지? 선장은 또 왜 갑판 위로 올라오지 않는 거야? 선장이라는 자는 운반 담당 조직원의 차 옆에 서서 그 두 사람과 이야기를 나누고 있었다.

갑자기 엔진 소리가 들려왔다. 지프차 한 대가 헤드라이트를 끈 채로 길도 없는 모래언덕을 가로질러 다가오고 있었다. 모두들 자동차가 가까이 다가오는 모습을 뚫어지게 바라보았다. 샤라는 숨을 멈추었다. 스테니는 보트의 가장자리를 꽉 붙잡았다.

"다 끝장이야."

누군가 말했다. 배의 후미에 있던 몇 명은 벌써 물속으로 뛰어내려 도망칠 준비를 하고 있었다.

그러나 그것은 경찰차가 아니었다. 열두 명이 지프차에서 내렸다. 그리고 각자 자질구레한 짐들을 품에 안고, 만을 향해 행진해 오는 것이었다.

"이럴 순 없어." 스테니가 중얼거렸다. "설마 저 사람들도 전부 같이 가려는 건 아니겠지."

갑판 위에 있던 사람들은 격분하여 저항하였다. 운반 담당 조

직원 둘이 아까의 그 평평한 바위에 다다랐을 때였다. 시아드가
배의 가장자리로 가서 그들을 저지하였다.

"배가 벌써 꽉 찼어요. 승객을 더 태우면 이 작은 배는 견디지
못합니다."

새로 온 사람들이 배에 들어오는 걸 막으려고 몇몇 사람들이
배의 난간으로 몰려왔다. 배가 위험하게 한쪽으로 쏠렸다.

"저 사람들을 들여보내지 마요!"

그들이 소리쳤다.

"계속해서 큰 소리를 지르면, 경찰에게 사이렌을 울리는 꼴이
되요." 짜증을 내며 하싼이 말했다. "언제든 승객 수를 결정하는
건 우리요."

이 운반 담당 조직원들은 시점도 아주 영리하게 골랐던 것이
다. 지프차는 미리 약속한 표시를 따라 만으로 접근하였다. 선장
은 운반 담당 조직원들과 기슭에서 기다리고 있었다.

새로 온 사람들은 이라크 출신의 쿠르드인들과 팔레스타인 사
람 몇 명이었다. 그들은 싸움에 지쳐 피곤한 모습으로 바위 위에
서서 보트를 응시하였다. 배 위의 다른 모든 사람들이 그랬듯이
그들도 돈을 지불한 처지였다. 그들은 자신들에게 쏟아지는 혐
오감과 증오를 온몸으로 느꼈다.

시아드는 절망한 얼굴로 한 아이가 엄마의 품에 안겨 슬프게
우는 걸 보았다. 시아드는 난간에 붙어 있는 무리들을 향해 몸을

돌렸다. "저 사람들을 들여보냅시다. 우리가 조금씩만 좁혀 앉으면 어떻게든 자리를 만들 수 있을 것 같아요."

새로 온 승객들은 말 한 마디 뻥긋하지도 못한 채 갑판 위로 올라와 배의 후미 주변에 몰려 앉았다. 이제 선장인 칼리드도 배의 난간을 넘어왔다. 잠시 뒤 그가 점화장치를 눌렀다. 낡은 증기기기관차처럼 잠에서 깨어난 디젤엔진이 진한 연기구름을 내뿜었다.

운반 담당 조직원 두 명은 몸을 돌려 서둘러 자동차가 세워져 있는 곳으로 향했다.

"적어도 조심해서 여행 잘하시오,라고 빌어 주는 말 정도는 할 수 있는 거 아닌가?" 스테니가 말했다. "결론적으로 보면 우리가 저 사람들을 부자로 만들어 줬는데."

"천벌 받을 놈들!" 하미드가 저주를 퍼부었다. "저 작자들 하는 일마다 잘못되기를 빌 뿐이야."

칼리드는 엔진을 예열시키고 있었다. 잠시 뒤 그들은 항해를 시작했다. 남자들과 여자들 그리고 아이들이 천천히 은색으로 반짝이는 달빛 속으로 미끄러져 들어갔다. 튀니스호는 진로를 유럽으로 잡고, 망망한 바다를 향해 나아갔다. 털털거리며 물살을 가르는 뱃소리가 환상적으로 들렸다.

새벽 무렵 어느 때인가 시아드는 깜빡 선잠이 들었다. 깊이 잠들지 못했던 터라 그는 거의 언제나 그랬던 것처럼 나쁜 꿈에 시달렸다. 그의 꿈에선 종종 전쟁의 소음이 울려 퍼졌다. 자동소총의 금속성, 수류탄이 터져 솟구쳐 오를 때 나는 구슬픈 소리, 그의 가까이로 떨어지면서 내던 깊은 울음소리……. 부상자들의 비명 소리와 죽어 가는 자들의 낮은 신음 소리……. 그와 그의 딸아이는 이런 혼돈 상태에서 가까스로 벗어나곤 했다. 그러면 그는 종종 스스로에게 묻곤 했다. 이런 참상을 눈앞에 두고 어떻게 둘의 삶을 계속 이어가야 할지.

시아드의 직장은 모가디슈에서 가장 큰 병원인 디그퍼 종합병원이었다. 거기서 그는 간호사로 일했다. 병원으로 호송되어 오는 부상자 수를 보면, 마치 지진계를 보듯 전투의 심각성을 고스란히 읽을 수 있었다. 이따금 부상자 수가 150명에 달하는 날도 있었다. 주로 수류탄 파편과 총에 맞아 부상당한 시민들이 압도적으로 많았다.

병원의 서른여덟 개 진료실마다 의사와 간호사들이 죽음과 한판 경주를 벌이다 패하는 횟수가 점점 더 늘어났다. 환자들은 녹슨 병원 침대의 얼룩진 매트리스 위에, 아니면 돌로 된 맨바닥에 얇은 담요 한 장을 깔고 그 위에 발 디딜 틈도 없이 빽빽이 누워 있었다. 지하실에도 몇 개의 침대가 있었다. 병실들은 어디랄 것 없이 발 디딜 틈 없이 사람들로 넘쳐났고, 배나 가슴에 중상을

입은 환자들이 그 속에서 응급치료를 받았다. 디그퍼 종합병원
에 들어오는 사람들은 부상 상처와 화상으로 곪은 상처에서 나
는 지독한 악취를 피할 수 없었다. 전쟁이 이 병원을 비참한 지
옥으로 만들어 놓은 것이었다.

그것도 모자라 그 다음엔 전기가 끊어지고, 시 전체에 테러를
가한 악당 패거리들이 도시의 휘발유 저장고마저 점령하고 나
자, 인큐베이터, 산소호흡 장치, 인공심폐 기기와 컴퓨터 단층촬
영 기기까지 모두 멈춰 서고 말았다. 보호자가 발전기를 돌리는
데 필요한 연료를 병원에 가져오는 환자에 한해서만 수술을 받
을 수 있었다. 주사약과 저장 혈액, 항생제, 진통제도 항상 빠듯
했다. 병원 8층에서 모가디슈 시내를 내려다보면, 시아드의 눈에
들어오는 풍경은 파괴된 구역 일대와 무너진 건물 꼭대기 층, 엿
가락처럼 휘어진 콘크리트 버팀대, 그리고 불에 타고 남은 흔적
들뿐이었다. 또 수류탄 폭격으로 지반이 흔들리는 날도 많았다.
병원에 인접한 가까운 곳에서 수류탄이 터질 때면, 창문이 흔들
려 병원 직원들과 환자들이 지하실로 대피할 수밖에 없는 날들
도 있었다. 잠시 잠깐도 지체할 시간이 없었다. 그러나 의사와 간
호사들은 대피가 끝나면 다시 되돌아와 맡은 일들을 계속했다.

상황이 이렇다 보니까 두려움은 언제나 시아드와 함께하는 동
반자와 같았다. 포성이 점점 더 격해지고 또 가까워지면 그는 속
에서 두려움이 스멀스멀 기어올라 그를 마비시키려고 위협하는

것을 느꼈다. 그런 순간이면 그는 자신이 맡은 일에 혼신을 다해 집중했다. 이곳에 있는 사람들은 가장 근본적이고 중요한 것에 집중하는 법을 배웠다. 결정적으로 중요한 것은 두려움에 지배당하지 않는 것, 그것이었다.

체념하고 포기하고 싶을 때도 많았다. 그러나 환자들에게서 받는 감사의 표시는 그래도 그로 하여금 다시 일을 시작할 수 있게 해 주는 힘이 되었다. 성공적으로 수술을 마친 어떤 농부는 그에게 달걀 한 꾸러미를 선물했고, 또 어떤 사람은 기장을 선물하기도 하였다. 그 사실에 병원 직원들은 다들 기뻐했다. 오랫동안 임금을 받지 못할 때가 종종 있었기 때문이었다.

그러다 운명의 12월, 어느 날이 찾아왔다. 그날은 시아드의 인생을 완전히 뒤바꿔 놓은 날이었다. 야간 근무를 위해 병원으로 막 들어서는데, 저녁 하늘 위로 짙은 먹구름이 몰려오는 것이 보였다. 돌풍과 함께 비가 쏟아지더니 병원 창문으로 비가 들이쳤다. 외과의인 므하디가 막 자동소총의 총알에 정강이뼈와 종아리뼈가 으스러진 환자를 돌보던 참이었다. 마취의가 캐눌라(환부에 꽂아 넣어 액을 빼내거나 약을 넣는 데 쓰는 관_옮긴이)로 환자의 정맥에 식염수 용액을 주입하였고, 시아드는 맥박수와 혈압을 재고 있었다.

갑자기 수술실 안으로 간호사 한 명이 들어왔다. 그러고는 그에게 다가와 말했다.

"시아드, 밖에 당신 딸과 이웃 사람들이 몇 명 와 있는데요, 마음을 단단히 먹어야겠어요. 좋지 않은 일이 벌어졌어요."

서서히 날이 밝아오자 시아드는 짙은 청색 파도의 물머리 너머 먼 곳으로 시선을 던졌다. 이제 해안선은 더 이상 보이지 않았다. 아프리카 대륙이 수평선에 걸린 한 줄기 청색 안개 띠처럼 거의 형체를 알아볼 수 없었다.

그는 생각했다. 믿을 수 없어, 우리가 해내다니……. 따뜻한 햇살 아래에서 아침이 불꽃처럼 반짝였다. 튀니스호는 굽이치는 파도를 뚫고 5~6노트의 속도로 순조롭게 항해하고 있었다.

샤라는 불어오는 바람에 몸을 비스듬히 기울였다. 바람은 머리숱을 헤치며 세차게 불어왔다. 힘차게 쏴쏴거리는 바닷물이 배의 가장자리에 부딪히며 고롱고롱 소리를 냈다. 샤라는 배의 앞쪽을 보기 위해 배 바깥쪽으로 몸을 숙였다. 뱃머리가 회색빛 바다를 가르며 흰색과 녹색으로 어우러진 물거품을 일으키고 있었다.

튀니스호의 승객 쉰일곱 명은 영락없는 정어리 두름처럼 갑판 위에 비좁게 붙어 앉아 있었다. 아무리 둔한 사람이라도 이쯤 되면 왜 짐을 들고 오지 못하게 했는지 분명히 알 수 있었다. 배 뒤로 갈매기들이 따라왔다. 이리저리 하얗게 빛나는 날개를 움직일 때마다 갈매기의 몸이 은빛으로 반짝였다. 그중 몇 마리가 머리 위로 가까이 내려오는 바람에 샤라는 갈매기의 힘찬 날갯짓을 느낄 수 있었다.

도주에 성공했다는 기쁨의 감정 사이로 옅은 비애감이 끼어들었다. 시아드는 딸의 어깨에 손을 얹고 남쪽을 가리키며 말했다.

"저기에 아프리카가 있어. 우리 고향 아프리카가. 이제 다시는 못 보게 되겠지."

샤라는 동쪽 하늘에 나타난 무지개를 보고 좋은 전조라고 생각했다. 다음 순간 불현듯 강기슭에서 자기를 기다리고 서 있던 토비가 떠올랐다. 샤라는 아무에게도 눈물을 보이지 않으려 재빨리 두 손으로 얼굴을 감쌌다.

3

그들은 웃었다. 그리고 기도하였다. 준
비해 온 아침을 먹는 사람들도 몇 명 있었다. 배에 탄 사람들은
점점 더 벅찬 환희에 빠져들었다. 그들은 발을 구르고 손뼉을 치
며 노래를 불렀다. 주께 찬양 드리세! 숟가락으로 병과 통조림
깡통을 두드리며 리듬을 맞췄다. 깡마른 흑인 한 명이 비스킷을
나눠 주면서 연신 "할렐루야!", "할렐루야!"를 외쳤다.

사람들이 어찌나 크게 소리를 냈던지 덜덜거리는 모터의 진동
소리도, 덜커덩거리는 소리도 모두 그 소리에 파묻혀 버리고 말
았다. 샤라는 귀를 틀어막고 연신 웃어 댔다. 몇 사람이 자리에
서 일어났다. 그러더니 놀랍게도 경쾌한 몸짓으로 춤을 추는 것
이었다. 엉덩이를 흔들며 자기들을 유럽으로 출발하게 한 전지
전능하신 신께 감사를 드렸다.

"당신들, 미쳤소? 보트가 가라앉기를 바라는 거요?"

보트 가장자리에 앉아 있던 사람들이 소리쳤다. 정말로 튀니스

호가 위험할 정도로 흔들리기 시작했던 것이다. 그들에게 리듬은 흥분제였고, 삶의 기쁨과 생존의 의지를 표현하는 것이었다. 모두들 남자들의 열렬한 응원을 받으며 배춤(엉덩이와 배를 흔들며 추는 아프리카 토속 춤_옮긴이)을 추는 젊은 여자에게 관심을 기울였다. 해변에서부터 샤라의 눈에 띄었던 여자였다. 비싸게 돈을 주고 땋은 것 같은 미용실표 머리 스타일 때문이었다. 이탈리아에 도착할 때 자신의 모습이 아름답게 보이기를 바랐던 그녀. 그녀의 이름은 조이였다.

여러 곡의 아프리카 민요와 가스펠송 뒤에 불법 이민자들의 찬가인 '노 모어 반쿠No more Banku.', 즉 '반쿠 죽은 이제 그만'이 이어졌다. 국물이 흥건하고 멀건 반쿠 죽은 이제 그만 먹을 거라는 노래였다.

"반쿠 죽은 이제 그만. 내일이면 이태리에서 거나하게 한 상 차려 먹는다네."

스테니는 흥에 겨워 신나게 노래를 불렀다.

"아니면 바다가 우리를 맛있게 먹어 치우겠지."

그와 이웃해 있던 사람이 잔뜩 화난 목소리로 말했다. 동이 틀때부터 쉬지 않고 코란을 읽으며 큰 소리로 기도하던 사람이었는데, 배에 탄 사람들이 내는 무지막지한 소음 때문에 기도에 방해를 받았던 모양이었다. 배에 탄 사람들은 거의 예외 없이 이탈리아나 독일에서 도움을 구할 만한 주소들을 갖고 있었다. 농장 일이나 막노동, 혹은 노점상과 같은 일들을 소개해 줄 친척들이 한 명 정도는 있었던 것이다. 이들은 여태까지 자신들이 겪은 모든 것을 다 통과한 사람들이고, 그런 그들과 함께한다면, 돈도 더 잘 벌 수 있을 것이고, 그래서 남아 있는 가족들을 데려올 수 있게 될 터였다.

튀니스호는 수면에서 겨우 1미터 정도만 떠 있을 만큼 무겁게 적재된 상태였다. 스팍스 만에서 몇 마일 항해하지 않은 지점부터 이미 사람들은 이 배가 절망적일 정도로 중량을 초과한 상태라는 걸 분명히 깨닫게 되었다.

길이 12미터의 이 고기잡이배 중앙에는 작은 선실이 있었다. 선실 앞쪽의 창문 아래로 배의 키 핸들이 있었다. 해치(화물을 싣고 내리기 위해, 또는 교통 편의를 위해 갑판에 설치한 승강구 또는 그 뚜껑_옮긴이)는 배의 후미 쪽을 향해 열려 있었다. 아래로 내려가는 통로는 계단 네 칸으로 이뤄져 있었는데, 계단을 내려가면 작은 선실용 붙박이 침대와 화장실이 나왔다.

낡은 배의 뱃머리는 커다란 녹 얼룩들로 뒤덮여 있었고, 한때 밝은색을 띠었던 것으로 보이는 선체는 해초와 기름, 따개비 등이 한데 뒤섞여 어둡게 변해 있었다.

'이 낡아 빠진 고기잡이배의 상태를 알아보지 못하게 하려고, 우리를 어둠 속에서 출발시켰던 거로군.'

시아드는 생각했다.

보트는 온통 생선 냄새에 절어 있었고, 어디서부터 손을 대야 할지 막막할 정도로 더럽기 짝이 없었다. 또 몇 가지 시아드가 이상하게 생각한 것들이 있었는데, 비교적 큰 파도가 밀려올 때마다 튀니스호가 좌우로 심하게 옆질(배가 좌우로 심하게 요동치는 모습을 일컫는 말_옮긴이)을 한다는 것과 바다가 요동치면 배가 덜컹덜컹 소리를 내며 격하게 다음 파도로 밀려갔는데, 그러면서 선체가 전체적으로 떨리는 것이었다. 전혀 믿음이 가지 않는 배였다.

하미드는 페인트칠 덕분에 녹 덩어리 배가 으스러지지 않고 붙어 있는 거라고 했다. 샤라는 고무로 된 구명보트를 타는 사람들도 적지 않게 있다는데 그래도 우리는 덩치는 작지만 힘센 모터가 달린 배를 타서 다행이라며 스스로를 위로하였다.

시아드는 아침 햇살이 얼굴에 내려앉고, 샤라가 그의 품에 안기어 편안하게 잠자는 모습을 보면서 행복하다는 생각이 들었다.

승객들 가운데 몇 명은 바다의 정령에게서 자신을 지켜 줄 성유를 가져왔고, 또 약초와 자잘한 동물 뼈, 절구에 빻은 원숭이 골 가루를 넣은 작은 주머니를 목에 매달고 천지신명의 자비를 구하며 끊임없이 혼잣말로 중얼거리는 사람들도 있었다. 부두교 (서아프리카 흑인들 사이에서 행해지던 원시종교로 오늘날도 전 세계에 6

천만 명이 넘는 신자 수를 보유하고 있다. 부두는 '영혼'이라는 어원에서 유래한 서아프리카 단어에 해당한다_옮긴이)의 신비스러운 제례 의식을 통해 그들은 자신들이 소망하는 안전한 항해가 이뤄지기를 기원했다.

대부분의 사람들이 즐겁게 축제 분위기에 들떠 있는데, 하미드는 아침부터 안절부절 못하며 신경질을 냈다. 종종 두서없이 혼잣말로 욕설을 내뱉기도 했다.

"너무 불안해서 한잠도 잘 수 없었다네." 시아드가 왜 그렇게 안절부절 못하냐고 묻자 그가 말했다. "뭔가 이상해." 그러고 난 뒤 그는 자신이 하는 말을 샤라가 듣지 못하게 하려는 듯 시아드와 스테니를 향해 멀찌감치 몸을 숙였다. "배가 항로대로 가고 있지 않아. 어젯밤에 케르케나 제도의 불빛이 보였지 않나. 그곳으로는 절대로 가면 안 되거든. 선장이 북동쪽 해안으로 항해하지 않는 걸세. 점점 더 남쪽으로 내려오고 있는 거야."

하미드는 그의 매형과 함께 고기잡이배를 타고 소말리아 앞바다로 나간 적이 많았다. 하미드는 자신의 생각이 옳다는 데 한 치의 의심도 없었다.

"지금 우리는 대략 15마일가량 뒤로 온 거라네. 이 선장이라는 자가 술 취한 사람처럼 지그재그로 배를 끌고 있어. 이 작자와 진지하게 얘기를 좀 해 봐야겠네."

시아드는 고개를 끄덕이고는 스테니와 함께 자리에서 일어나 하미드의 뒤를 따랐다. 그들은 갑판 위에 웅크리고 앉아 있는 사람들을 타 넘으며 선실로 다가갔다. 칼리드는 막 승객 몇 명과 활발하게 이야기를 나누고 있던 참이었다. 제어반 위에 커피 잔이 놓여 있었다.

"당신, 이 구간을 자주 항해한 거 맞소?"

하미드가 물었다.

"그렇다고 말할 수 있습니다만."

"나침반은 어디 있는 거요?"

시아드가 그에게 호통을 치며 말했다.

남자는 수납 상자를 가져오더니 작은 나침반 한 개를 꺼내었다.

"나침반에서 눈을 떼지 않도록 잘 행동하시오."

"나침반 따윈 필요 없어요." 칼리드가 신경질적으로 반응하며 말했다. "나는 거의 항상 해와 별을 보고 방향을 정하니까요!"

"궁금한 게 있는데 말이오, 우리가 람페두사에 도착하고 나면 당신은 어떻게 되는 거요? 그리고 배는 또 어떻게 되고?"

"그건 당신들 두 사람이 상관할 바가 아닙니다. 괜한 질문으로 사람 성가시게 하지 말고 날 가만히 두시죠."

주변 사람들이 그들의 대화에 귀를 기울였다. 한 남자가 가까이 다가가더니, 키 핸들을 잡고 있는 칼리드의 손을 휙 잡아채고는 그의 어깨에 주먹을 날렸다.

"그래, 당신이 누군지 알겠어. 알제리에서 온 지프차 중 한 대에 타고 있었지. 당신, 아마 람페두사가 어디 붙어 있는지도 모를걸. 이 작자, 지금 우리를 지옥으로 끌고 가고 있잖아!"

칼리드가 계속 소리를 질러 대자, 그들은 일단 그를 진정시킬 수밖에 없었다. 그는 자신은 그저 여기서 맡은 일을 할 뿐이라고 했다. 상황이 점점 불리해지자, 그는 사실을 털어놓았다. 도주 방조 운반책들이 그에게 선장이라고 말해 주면 배표 값을 면제해 주겠다고 했다는 것이었다. 그들은 그에게 말 그대로 어느 쪽으로 가야 할지, 방향만 가르쳐 주었단다. 그러면서 결코 진로를 벗어나지 말 것, 방향타를 수직으로 유지할 것 등을 재차 강조하였다고 했다. 그러면 곧바로 람페두사에 도착할 거라는 것이었다. 또 만약 섬을 지나치더라도 문제가 없는 것이, 그럴 경우엔 이탈리아 해안경비대가 그를 찾아낼 것이라고도 했다.

하미드는 모토의 회전수를 줄이고 속도를 반으로 제한한 다음 운전대를 붙잡았다.

"이제 어떻게 해야 하지?"

"어쩌면 승객들 중에 항해 경험이 있는 사람이 있을지도 몰라."

그들은 이제 선장도 없고, 해도(항해용 지도_옮긴이)도 한 장 없이 망망대해에 둥둥 떠 있는 꼴이었다. 벌써 몇 사람은 배가 왜 이렇게 천천히 가는 거냐고 물으며, 선실 가까이로 몰려들었다.

“승객들에게 알려야 해. 이건 결국 우리 모두에게 관련된 일이니까.”라고 하미드가 의견을 내놓았다.

시아드가 그의 팔을 붙잡았다.

“조심해야 하네. 사람들을 흥분시켜서 그를 공격하게 해서는 안 되네.”

“그게 무슨 대수인가? 자업자득이지. 우리의 선장은 사기꾼이오.” 하미드가 큰 목소리로 말문을 열었다. “도주 방조자들이 우리 앞에 사기꾼 한 사람을 세운 겁니다. 이 사람은 람페두사가 어디에 있는지 감도 못 잡고 있어요.”

“그 악당 놈을 바다에 던져 버리시오.”

무리 가운데 누군가 소리쳤다.

배의 후미에 있던 사람들이 일어서자, 작은 보트가 거칠게 요동치기 시작했다.

“앉으세요!” 시아드가 큰 소리로 부르짖었다. “여러분, 미쳤어요? 당장 앉으세요!”

그들은 칼리드에게 린치를 가하려고 작정한 것 같았다. 광분한 폭도로 변한 무리들이 선장의 선실로 몰려들었다. 그러고는 바닥에 앉아 있는 칼리드를 손과 발로 마구 두들겨 팼다. 시아드가 공격자 무리 중 한 사람에게서 억지로 칼을 빼앗았다.

“여기선 그 누구라도 사람을 죽여서는 안 됩니다.”

시아드가 부르짖었다.

시아드, 스테니, 하미드는 다시 성난 무리들에게로 몰려가, 사람들을 칼리드에게서 몇 걸음 떼어 놓았다. 칼리드의 이마에서 피가 났다. 시아드는 갖고 있던 붕대를 가져다 상처 난 곳을 치료해 주었다.

"미안하네, 이럴 줄은 전혀 생각도 하지 못했네."

하미드가 후회막심한 표정으로 말했다.

"이 사람을 바다로 던져 버려야 한다고 생각하는 사람들이 더 많을걸요."

스테니가 말했다.

시아드는 남쪽을 가리켰다. 흥분해서 떨리는 목소리로 그가 말했다.

"이 배에 타고 있는 많은 사람들이 살인자들에게서 벗어나려고 아프리카를 떠나왔습니다. 그런데 지금 우리 중에 다시 살인자가 생겨야 되겠습니까?"

정말로 승객들 중에는 라이베리아의 어선 단체에서 일했고, 항해 경험도 갖춘 사람이 있었다. 찰스는 이런 유형의 배에 관해 상당히 정확하게 알고 있었다. 시아드가 승객들을 향해 돌아서며 말했다.

"찰스에게 운전대를 넘겨줄 것을 제안합니다. 이 사람이 우리의 새 선장이 되는 것이 마땅합니다."

모두들 시아드의 말에 동의하였다. 모터가 부르릉거리며 작동하였고, 배에 가속도가 붙었다. 승객들은 차츰 진정되어 갔다. 축 처져 앉아 있는 칼리드의 모습은 한 무더기의 비참함 그 자체였다. 그는 배의 가장자리에 앉아, 꼼짝도 못하고 먼 바다만 바라보고 있었다.

출항 때의 흥에 겨웠던 분위기는 온데간데없이 날아가 버렸다. 항해를 시작한 지 벌써 일곱 시간이 지났다. 튀니지 해양경비대에게 포착되어 많은 배들이 나포된다는 그 위험 구간은 지나온 것일까? 모든 일이 계획대로 되어 간다면, 늦어도 내일 아침이면 람페두사에 도착해 있을 것이다.

샤라는 자기 옆자리, 보트의 가장자리에 앉아 있는 조이와 이야기를 나누었다. 샤라는 멋진 머리 스타일을 한 이 아름다운 여인에게 경탄하고 있었다. 조이는 자신이 다니던 라고스의 미용실 이야기를 들려주었다. 그런데 아쉽게도 그 미용실은 망해 버렸다고 했다.

시아드의 옆에 앉은 사람은 존이라는 이름을 가진 탈영병이었다. 가나에서 온 그는 벌써 이탈리아에서 본국으로 추방되었던 경험이 한 번 있었다. 그는 '밀항 보증서'라는 것을 갖고 있었다. 이를테면 같은 가격으로 세 번까지 도주 시도를 할 수 있도록 보장해 주는 증서 같은 것이었다. 존은 람페두사에서 난민들이 어떤 대우를 받는지 잘 알고 있었다.

"이름이 뭔지, 그리고 어디서 왔는지 술술 말하는 사람들에겐 대우가 좀 나아요. 하지만 그 대신 곧바로 자기가 왔던 곳으로 돌려보내지기도 하지요."

그는 이번에는 이탈리아인들에게 전쟁 지역에서 왔다고 말할 거라고 했다.

시아드와 스테니는 그 말을 듣자마자 열광하며, 수용소와 이탈리아인들의 심문 방법에 대해 알고 싶어 했다.

존은 스테니에겐 별로 기회가 없다고 했다.

"이 사람들에게 자네는 곧바로 잘라 낼 사람들 중 한 명일 뿐이네. 다른 곳에서 더 잘 살아 보려는 거니까. 가장 기회가 좋은 사람들은 시아드처럼 전쟁 지역에서 온 사람들이야. 아니면 정치적으로 박해를 받아서 몸에 고문 흔적을 지닌 사람들이거나."

스테니는 깊은 생각에 잠긴 것 같았다. 많은 난민들이 출신지를 숨기려고 신분증과 같은 서류들을 바닷물에 던져 버린다는 것은 그도 익히 알고 있었다. 그러나 망명자로 인정받을 기회를 잡으려고 정치적으로 박해받는 자를 사칭한다는 이야기는 지금껏 아무도 들려준 적이 없었다.

"자네, 뭐가 문제인지 도무지 못 알아먹는 거 같은데 말이야, 내 말은 믿어도 된다니까. 이탈리아 사람들이 볼 땐 자네나 이 배에 타고 있는 사람들 중 많은 사람들이 전혀 가망이 없는 사람들이야. 그들이 얼음장같이 쌀쌀맞게 자네랑 이 사람들을 되돌려 보낼 거라고. 튀니스나 트리폴리스로 가는 공짜 티켓을 얻게 되는 거지.”

“그렇다면 나도 시아드와 샤라처럼 소말리아에서 왔다고 말하면 되죠. 나도 그들처럼 아랍어를 할 줄 알아요. 우리 부모님이 리비아 출신이시거든요.”

존은 큰 소리로 웃었다.

“그게 그렇게 간단히 생각할 문제가 아니야. 그 사람들이 자네한테 질문을 해 댈 거거든.”

“대체 무슨 질문들인데요?”

“예를 들면 소말리아에선 어떤 화폐를 사용하는가. 자, 대답해 보시지?”

스테니는 실망스런 표정으로 샤라를 바라보았다.

“정답은 소말리 실링이랍니다.”라며 샤라는 노련한 여선생님 같은 말투로 대답했다.

스테니는 가지고 온 비닐봉지를 뒤적이더니 종이와 볼펜을 꺼내었다.

“시작하자, 그 사람들이 질문할 만한 건 다 알아 둬야겠어. 샤라는 똑똑한 애니까, 쟤랑 연습할 거예요. 우리한테 있는 게 시간밖에 더 있어요?”

배 위에서 보낸 첫날 저녁, 웅장한 일몰에 수평선이 담홍색으로 물들었다. 공중에는 태양이 마지막 남은 빛을 깜빡이고 있었다. 시아드는 피곤해하며 평소와 달리 무표정한 얼굴로 앞만 바라보고 있었다. 방금 전 존에게 모가디슈 이야기를 해 준 뒤였다. 그리고 아내와 큰딸아이의 죽음에 관해서도.

부엌에서 폭발이 일어난 때는 바로 그의 아내 사리가 부엌에서 저녁 식사 준비를 하고 있을 때였다. 샤라는 친구네 집에 갔다가 늦는 바람에 집에 없었다. 지붕 절반이 너덜너덜 찢기어 거의 바닥에 닿을 듯 매달려 있었다. 이웃 사람들은 무너진 잔해 더미 속에서 텔레비전과 세탁기를 훔쳐 가려고 몰려든 사람들을 쫓아내고, 죽은 두 사람을 신문지로 덮어 주었다.

사람들은 잘못 떨어진 폭탄이 문제였던 것 같다고 확신하였다. 교외에 있는 이 지역은 여러 해가 지나도록 폭격을 맞지 않았던 구역이었다. 사람들은 운명의 여신이 변덕을 부렸나 보다고 말했다. 그날 저녁 도시 남부에선 서로 경쟁 관계에 있던 일당들이 격렬한 싸움을 펼쳤다. 그런데 목격자의 주장에 따르면 폭탄은 어떤 화물차 바로 옆에서 날아왔다고 했다.

폐허처럼 허물어진 집에 도착한 시아드는 아무 말 없이 현관 앞에 잠시 서 있었다. 현관 앞에는 아내의 검은색 단화가 놓여 있었다. 현관 문짝은 떨어져 나갔고, 폭격으로 터진 벽마다 전선들이 비죽이 나와 있었다. 바닥엔 온통 깨진 그릇들 투성이였다.

성실하게 일하며 쌓아 온 모든 것이 이곳에 있었다. 2층 파히예의 방으로 올라가는 계단에서 그는 부서진 파편들과 옷 조각들에 걸려 넘어졌다. 연두색 커튼, 갈색 소파, 그리고 책장이 어린 소녀의 희망과 꿈의 배경을 이루고 있었다. 바닥에는 책들이 마구 펼쳐진 채로 여기저기 널려 있었다. 시아드는 그 먼지 구덩이에서 파히예의 삶이 남긴 유물들을 멍한 표정으로 잡아 올렸다. 부서진 기타, 빛바랜 레코드 커버, 잡지들……. 침대 협탁 위엔 코란이 놓여 있었다. 벽에는 파히예가 가장 좋아하는 음악 그룹들 중 한 그룹의 포스터가 걸려 있었다.

시아드는 2층 창문으로 물끄러미 밖을 내다보았다. 모가디슈 시의 실루엣이 눈에 들어왔다. 그때 시아드는 단호하게 결심하였다.

'여기서 떠나자. 이 전쟁이 남은 아이마저 앗아 가게 그냥 기다리고만 있지 않을 거야. 소말리아를 떠나겠어.'

시아드의 친구 한 명이 비밀 조직원들에 대해 이야기를 들려주었다. 소말리아 출신의 가족들에게 '유럽 직행'을 약속하며 북아프리카의 해안으로 가게 해 준다는 것이었다. 친구는 또 아는 사람 중에 한 명이 이탈리아에서 불법 노동자로 잘 지내고 있다며, 자기 가족들과 함께 그곳에서 거의 천국에 사는 것처럼 살고 있다는 이야기도 하였다. 북이탈리아 공업지대에선 아프리카 출신의 난민들을 반갑게 맞이하며, 그들의 환심을 사려고 노력한다는 것이었다. 시아드는 남아 있는 살림살이들을 팔아서 그 돈을 도주 방조자들에게 넘겼다.

"우리는 더 이상 잃을 게 없어요."

시아드는 부모님께 그렇게 말했다.

"샤라는 조금 있으면 열네 살이 되어요. 그런데 태어날 때부터 지금까지 그 애는 단 하루도 전쟁이 끊이지 않는 나라에서 살았어요."

모가디슈에서 도주 방조자를 찾는 일은 어렵지 않았다. 물어물어 가면, 그들과 관련된 장소에 다다를 수 있었다.

이들 인간 밀수꾼들은 돈 이외에도 값어치가 나갈 만한 것이면 무엇이든 다 받았다. 보석류에서부터 집과 땅은 물론이고 가축들까지. 소말리아에는 이런 식의 도주 관련 사업을 멈추게 할 인물이 없었다. 이 땅은 정글의 법칙이 지배하는 땅이었다. 당파 대 당파, 부족 대 부족, 개인 대 개인의 싸움이 지배하는 땅……. 인간 밀수 마피아의 사업은 전성기를 누리고 있었다. 그러나 전쟁으로 이득을 보지 못하는 사람들은 가능한 한 빨리 이곳을 뜨고자 했다.

4

누군가 비명을 질렀다. 몇 사람이 일어
섰고, 나머지 사람들은 배의 난간에 기대어 멀찍이 몸을 숙이고
는 후미 쪽을 바라보았다. 배기구에서 검은 연기가 풀풀 날렸다.

"필터에 문제가 생긴 걸 거예요."

스테니가 말했다.

디젤 모터가 갑자기 털털거리기 시작했다. 그러고는 몇 번 쉭
쉭 거친 숨을 내뱉더니 다시 잠잠해졌다. 남자들 사이에 걱정스
러운 눈빛이 오갔다. 찰스가 시동 버튼을 누르자 모터가 다시 털
털거리는 소리를 냈다. 그런 다음 가쁜 숨을 몰아쉬듯 덜컹거리
는 소리와 함께 모터가 다시 돌아가기 시작했고 모두들 안도의
숨을 내쉬었다.

찰스는 조심스럽게 가속 레버를 앞으로 밀었다. 덜덜거리는 모
터 소리는 이제 모든 사람들에게 음악 소리처럼 들렸다. 항해는
계속되었고, 깃발처럼 휘날리던 검은 연기도 사라졌다. 선장은

다시 직선 노선을 유지하도록 온 신경을 거기에 집중하였다.

샤라는 스테니와 공부를 하였고, 시아드는 두 사람이 가르쳐 주고 배우는 모습을 흥미롭게 지켜보며, 가끔씩 끼어들어 거들기도 했다. 불과 몇 시간도 안 되어 스테니는 벌써 중요한 지명들을 다 외웠다. 그리고 소말리아의 국기가 어떻게 생겼는지도 배웠고, 소말리아의 국사에 관해서도 상당히 자세히 알게 되었다. 샤라는 말귀를 잘 알아듣는 영리한 학생에게 만족해하였다.

모두들 갑자기 배가 진동하는 것을 느꼈다. 모터가 털털거리는 소리를 내더니 소리가 점점 더 하이톤으로 바뀌며 비탄에 잠긴 울음소리를 내기 시작했다. 그 소리와 함께 튀니스호는 세차게 철퍼덕거리며 물결을 갈랐다. 털털거리는 소리는 이제 귀가 먹먹해질 정도로 큰 소리로 쾅쾅거리기 시작했다. 그러더니 배가 갑자기 후진을 하였다. 그 바람에 모두들 곤두박질을 치고 말았다. 뒤이어 탕 하는 파열음과 함께 모터가 잠잠해졌다. 찰스는 놀라서 키 핸들에서 한 걸음 물러섰다.

"다시 괜찮아질 거요. 두려워하지 마시오."

하미드가 말했다.

그들은 모터실로 이어지는 후미의 뚜껑을 열었다. 남자들 몇이 이리저리 레버를 조작하면서 압력 장치를 두들겨 보았다. 그런 다음 폐쇄 장치 뚜껑을 열었다. 그들은 주머니칼과 동전을 이용하여 나사 몇 개를 풀었다.

30분쯤 뒤, 다시 찰스가 시동 버튼을 눌렀다. 모두들 숨을 죽였다. 그러나 귀에 들려오는 것은 끼익 하는 금속성뿐이었다. 사람들은 저주를 퍼부었다.

"크랭크축이 부러진 것 같은데."

한 사람이 말했다.

"크랭크축은 정상이에요. 아마 점화장치가 문제인 것 같아요."

다른 한 사람이 말했다. 어쨌든 모터는 이제 무용지물이 되었다.

"당신이 기계를 너무 가속으로 몬 거 아니야, 멍청한 놈 같으니."

승객 중 한 명이 찰스에게 말했다.

"내가 뭘 잘못했다고 그러는 거요?" 찰스가 그에게 소리를 질렀다. "속도를 낮출 수가 없었다고요. 속도를 낮추면 모터가 꺼지려고 했단 말입니다."

잠시 뒤 사람들은 배의 후미에서 오일과 벤진이 바다로 흘러가는 모습을 보고 경악했다. 이제는 연료 탱크에서도 기름이 새기 시작한 것이다.

시아드는 선실 안에 서서 연료 측정기를 지켜보았다. 측정기 바늘이 떨리며 내려가다가, 마침내 제로 표시 앞에서 되튀었다.

"상관없어. 어차피 이제는 모터도 작동하지 않는걸."

제3세계에서 선진 세계로 그들을 데려다줘야 하는 보트가 기동성을 잃고 파도 위에서 대책 없이 두둥실 춤만 추고 있었다. 갑자기 정적이 감돌았다. 모두들 숨을 죽이고 있는 것처럼 보였다. 절구 소리처럼 일정한 세기로 힘차게 울리던 쿵쿵 소리, 그 단조로운 소리는 보호받는 느낌과 희망을 주었다. 그런데 지금은 그들 모두의 희망을 앗아 간 것처럼 보였다. 미동조차 느낄 수 없었다. 노크하듯 똑똑거리며 마음을 안정시켜 주던 모터 소리도 들리지 않았다. 귓전에 들리는 것이라고는 바람과 물결 소리뿐.

"그 운반책 놈들이 지금 내 눈앞에 있으면, 놈들을 당장 죽여 버리고 말 거야." 하미드가 성난 목소리로 말했다. "이 형편없는 고물 값으로 놈들은 아마 고작 백 달러 아니면 2백 달러쯤 줬을 거야, 아니면 훔쳤거나."

나머지 승객들도 튀니스호 역시 틀림없이 이른바 '인신매매선'과 연관되었을 거라고 확신했다. 그것은 부스러기같이 낡은 나룻배를 가리키는 말로 도주 방조 마피아에서 싼값에 대량으로 사들인 배를 의미했다.

이 배에 대해 시아드가 받았던 첫인상이 고스란히 현실로 나타난 셈이었다. 그는 첫눈에 뭔가 음울한 어떤 것이 이 고기잡이 배를 감싸고 있는 느낌을 받았었다. 그것은 배를 처음 본 순간 온몸에 소름이 돋게 했던, 거의 위험과 위협의 기운이 느껴지는 그런 느낌이었다. 그러나 시아드는 그 누구와도 그런 자신의 느낌에 대해 말을 하고 싶지 않았다. 샤라에게는 더더욱 그랬다.

승객들은 출렁거리는 배에 말없이 쪼그리고 앉아, 구름 한 점 없는 하늘을 텅 빈 눈길로 응시하고 있었다. 대부분 수영을 할 줄 몰랐다. 그들의 표정엔 물을 두려워하는 기색이 역력히 드러나 보였다. 갑판 위에 있는 사람들 중에는 여태까지 바다라고는 단 한 번도 구경하지 못한 사람들도 많았다. 샤라는 절망에 빠진 얼굴들을 바라보았다. 불과 며칠 전만 해도 그들이 그렇게 좋아했던 바다. 그 바다가 이제는 갑자기 음울하게 보이며 두려움을 자아내었다.

정적 속에서 크게 외치는 소리가 들렸다.

"도움을 청할 수 있어요. 아흐메드가 핸드폰을 갖고 있어요."

"무슨 도움을 청한다고 그래?"

남자들 중 한 사람이 소리쳤다.

시아드는 그 사람이 누군지 곧바로 알아차렸다. 그는 바룩이라고 하는 자였다. 몇 시간 전에 칼리드를 칼로 위협했던 말리 출신의 승객이었다.

"그들이 우리를 발견해서 구해 줄 거라고요."

"누가 우리를 찾을 거란 말이오? 누가 우리를 구해 준다는 거야? 설마 튀니지 해안경비대를 생각하는 건 아니겠지?" 크게 몸동작을 해 가며 바룩은 몸을 돌려 배에 탄 동승자들을 향해 말했다.

"튀니지 해안경비대가 우리를 아프리카로 되돌려 보내 주길 원하는 사람 있습니까?"

완전히 정적이 감돌았다. 들리는 건 단조롭고 부드럽게 뱃전에 철썩이는 파도 소리뿐이었다.

"진정하게, 바룩. 모터가 고장 났어. 람페두사로 갈 수 있는 기회는 날아가 버린 거라고. 여기서 우리 모두 죽어야 하겠나?"

보트 뒤쪽에 앉아 있던 사람이 소리쳤다.

바룩은 태양 빛에 눈이 부신 듯 눈 위까지 깊숙이 모자를 눌러 썼다.

"아프리카로 되돌아가느니, 차라리 물에 빠져 죽고 말겠어!"

"바룩 말이 맞아. 아프리카로 가느니 차라리 물에 빠져 죽겠어"

후미 쪽에서 사람들의 목소리가 들려왔다.

바룩은 위협적인 표정으로 아흐메드에게로 몸을 돌렸다.

"이따위 물건으로 도움을 요청할 생각은 하지 마시오. 알겠소?"

"당산이 나한테 이래라저래라 명령할 수는 없지요. 여기엔 아이들도 몇 있고, 여자들도 있지 않아요. 게다가 한 사람은 임신 중이고."

바룩이 스프링처럼 그에게로 튀어가더니 핸드폰을 빼앗아 바닷물 속에 던져 버렸다.

"아직도 전화하려는 사람이 있으면, 나랑 면담 좀 합시다."

바룩은 여기서 누가 발언권이 센지 과시하고 싶어 했다. 시아드와 찰스, 하미드 같은 사람들이 이 배의 지휘권을 넘겨받은 것이 한참 전부터 그의 심기를 거슬렸던 것이다. 곰처럼 강한 흑인과 맞서 싸우는 건 무리 중 아무도 엄두조차 내지 못하리라는 걸 그는 알고 있었다. 어차피 갑판 위에 있는 사람들 중에 핸드폰을 가진 사람은 소수에 불과했다. 오는 길에 핸드폰을 도난당했거나, 잃어버린 사람들이 대다수였다.

"배가 와서 우리를 구해줄 거요." 바룩이 승객들을 향해 말했다. "운이 좋으면, 그 배가 시실리나 그리스로 항해하는 배일 수도 있어요. 망명 신청은 거기서도 할 수 있어요."

우선 아프리카 방향으로 항해하는 배는 고려하지 않기로 했다. 모두들 그 말에 동의하였다. 이 말은 이제부터 또다시 기다려야 한다는 뜻이었다. 그들은 노래하고, 기도하기 시작했다. 샤라는 자기 학생과 소말리아 영토 공부를 했다. 스테니는 새로운 자기 정체성을 쌓아 갔다. 보트 가장자리에 앉아 있던 주변 사람들은 열심히 배우는 그의 모습에 감탄해 마지않았다. 스테니는 그 사람들에게 이 길만이 자기에게 남은 마지막 기회라고 설명하였다. 그에겐 딱 두 가지 가능성밖에 없다는 것이었다. 성공하거나 아니면…… 죽거나. 그는 온 마을 사람들이 그의 도주 자금을 지원하기 위해 빚을 졌다고 했다. 고향에 있는 사람들은 투자한 원금을 돌려받을 거라는 기대뿐 아니라, 곧 이자까지 얹어 받게 될 거라는 희망에 부풀어 있다는 거였다.

"우리 마을은 라고스 뒤편에 있는데, 거기선 기대할 것이 아무것도 없어요. 모두들 떠날 궁리만 하지요. 그래서 나는 차라리 내 목숨을 걸고 모험을 감행하는 거예요."라며 스테니는 덧붙여 말했다. "언젠가 나는 부자가 되어서 돌아갈 거예요."

너무도 많은 사람들의 희망이 그의 어깨에 걸려 있었다. 스테니는 그들을 실망시키고 싶지 않았다.

하염없이 시간이 늘어났다. 조이는 샤라에게 프랑크푸르트에 친척이 있다고 했다. 독일에 가면 아마 모델로 일을 하거나 비중이 낮은 역이라도 영화에 출연할 수 있는 기회도 있을 것 같다고 했다.

비참한 대기근을 피해 니제르에서 도망쳐 나온 한 가족은 리비아 국경 지대의 사하라사막에서 보았던 놀라운 장면에 관해 이야기해 주었다. 그들은 사하라사막에서 어떤 화물차 한 대를 발견했는데, 몇 달 전에 그곳에서 길을 잃은 차였다고 한다. 100구가 넘는 시체가 화물칸 바닥에 있었단다. 그런 비슷한 소식이 여러 번 있었지만, 그 소식이 정말인지 아닌지는 아무도 몰랐다. 이 난민 무리에서 저 난민들 무리에게로 전해진 비극들이었다. 사막을 가로질러 가다가 도중에 목숨을 잃은 나이지리아 사람, 가나 사람, 혹은 라이베리아 사람들의 수가 얼마나 되는지 정확히 말할 수 있는 사람 역시 아무도 없었다. 짐작컨대 틀림없이 수천 명은 될 것이었다.

보랏빛 구름 띠가 소리 없이 바다 위로 펼쳐졌다. 거기서부터 갑자기 돌풍이 일더니, 거울처럼 잔잔하던 진청색의 바다 표면에 빗질하듯 잔물결을 쓸어 일으켰다.

그것에 주의를 기울이는 사람은 아무도 없었다. 이 서늘한 미풍이 그들에게 얼마나 위협적인 메시지를 전하는지 그 누구도 예감하지 못했던 것이다. 그것은 바로 폭풍이 다가오고 있다는 메시지였다.

얼마 안 있어 잔물결은 눈에 띌 정도로 출렁거리기 시작했다. 짧은 진풍(갑자기 불다가 또 갑자기 그치는 센 바람. 눈이나 비가 오기 전에 자주 붊_옮긴이)이 하얀 물거품을 머금은 파도 마루를 일으켰다. 끝내 파도는 번쩍이는 바다를 일구어 온통 물이랑을 만들어 냈다. 튀니스호가 눈에 띄게 출렁이기 시작했다.

방금 전까지만 해도 맑게 빛나던 푸른 하늘이 어둑해졌다. 남동쪽에서 짙은 먹구름이 튀니스호가 있는 곳으로 몰려왔다. 어두운 하늘에 섬광이 비치며 눈이 멀 정도로 하얀 선을 그렸다 사라졌다. 순식간에 대화가 멎었다.

몇몇 승객들이 신경질적으로 웃는 소리가 들렸다. 두려움을 드러내고 싶지 않았던 것이다. 위협적으로 다가오는 위험에 흥분한 것처럼 보이는 사람들도 있었고, 마치 이 모든 것이 자신과는 아무 상관이 없다는 듯 침착하게 카드놀이를 하는 사람도 더러 있었다.

시아드는 샤라의 두 눈이 두려움에 가득 차 있는 것을 보았다. 그러는 사이 폭풍이 짧고 강한 파도를 불러일으켰다.

"멍청한 네 녀석이 핸드폰을 바다에 던져 버리는 바람에, 이제는 도움도 청할 수 없게 되었어!" 느닷없이 스테니가 소리쳤다. "이제 우리는 물에 빠져 비참하게 죽게 될 거라고."

샤라는 깜짝 놀랐다. 어떻게 저렇게 무모한 행동을 할 수 있을까? 바룩이 자리에서 일어났다. 이렇게 욕을 먹고 가만히 앉아 있을 그가 아니었다. 바룩이 스테니를 향해 위협적으로 움직였다. 스테니는 시아드와 하미드에게 눈길을 보내며 도움을 구했다. 그 순간이었다. 배의 후미가 갑자기 거대한 파도에 붙잡혔다. 보트가 우현으로 미끄러지며 팽그르르 돌았다. 모두들 대책 없이 이러저리 곤두박질치며 굴러 떨어졌다. 바룩은 버둥거리며 배의 난간을 잡아 보려 했지만 결국 미끄러지고 말았다. 그는 두 팔을 휘휘 저으며 물속으로 첨벙 곤두박질을 쳤다.

바룩은 보트를 잡으려 갖은 애를 썼지만, 이미 물결이 그를 멀리 끌고 간 뒤였다. 10미터쯤 떨어진 곳에서 파도 사이로 다시 그의 모습이 떠올랐다. 놀라서 눈을 부릅뜬 모습이었다. 그는 물마루에 밀려 높이 솟구쳐 올랐다가 이내 물고랑 속으로 가라앉아 시야에서 사라졌다. 파도가 철썩이며 그의 얼굴로 밀려와 그의 머리를 삼켜 버렸다. 그는 연신 물을 뱉으며 공기를 마시려고 사력을 다했다. 물마루에 실려 몸이 올라갈 때마다 그는 갑판에 있는 사람들이 넋이 나간 모습으로 자신을 바라보는 것을 볼 수 있었다. 잠시 뒤, 그는 이미 거의 70여 미터나 배와 떨어져, 미친 듯 날뛰는 파도 위에 떠 있는 작은 점처럼 보였다.

"신이시여, 저 영혼을 불쌍히 여기시옵소서!"

스테니는 십자가를 그으며 중얼거렸다.

그 사이 물결이 더욱 높아져 공포감을 불러일으켰다. 낡은 조각배는 삐걱거리며 신음 소리를 냈다. 샤라의 발아래에 있던 갑판 바닥이 불안하게 옆으로 기울어지며, 파도가 갑판의 가장자리로 넘쳐 들어왔다. 배에 탄 사람들이 비명을 질러 댔고, 계속해서 육중한 파도가 보트로 부서져 들어왔다.

저주를 퍼붓는 소리, 비탄에 잠겨 우는 소리, 단조로운 기도 소리가 들려왔다. 사람들은 멀미와 메스꺼움과도 싸워야 했다. 파도가 보트 안으로 부서져 들어오는 횟수가 점점 더 많아졌다. 흠뻑 젖은 난민들은 배 밖으로 떠밀려 나가지 않도록 갑판의 썩은 마루판을 단단히 붙잡고 있었다.

시아드는 샤라를 품에 안았다. 샤라는 아무것도 눈에 들어오지 않았다. 두려움 외엔 아무것도 느껴지지 않았다. 폭풍을 뚫고 여자들과 아이들의 째지는 듯한 비명 소리가 밀려들었다.

두 시간이 지나서야 폭풍의 울부짖음이 잦아들었고, 우레와 같이 공격해 오던 물소리도 점차 약해졌다. 거품으로 뒤덮인 파도 마루가 사라지면서 엄청난 고요가 찾아왔다. 바람도, 파도 소리도 없었다. 시아드의 귀에 들리는 것은 그에게 안겨서 거칠게 숨을 몰아쉬는 딸아이의 숨소리뿐이었다. 사람들은 파도와 바람에 시달려 엉망이 된 모습으로 갑판 위에 웅크리고 앉아 있었다. 몇몇은 기진맥진하여 잠이 들어 있었다. 폭풍을 뒤따라온 고요에 시아드는 한기를 느꼈다. 시아드는 보트의 가장 약한 미동, 가장 작은 옆질까지 분명하게 알 수 있었다. 갑자기 샤라가 그의 귀에 대고 속삭였다.

"왁사안 아다야 구리 기이나Waxaan aadaya gurri giina.-집에 다시 가고 싶어요."

시아드는 딸의 이마에 키스를 했다. 눈물이 주체할 길 없이 흘러내렸다.

"소말리아로 다시 돌아가고 싶어요."

샤라가 흐느끼며 말했다.

폭풍은 희생자를 요구하였다. 배의 후미에 있던 승객 두 명이 물살에 휩쓸려 떠내려갔다. 수단에서 온 사람들인 것 같았다. 그러나 그들이 정말로 수단에서 왔는지는 아무도 정확히 알지 못했다.

시아드는 다리가 부러진 한 여자 승객을 위해 반 동강으로 부서진 선실 선판을 들고 천의 가장자리를 찢어 내어 즉석에서 부

목을 만드느라고 애를 썼다. 보트 가장자리에서 선실로 굴러 떨어지는 바람에 다리가 부러진 것이었다.

배는 사람들이 비좁게 들어차 있어 한 번에 배의 측벽까지 갈 수 없을 정도였다. 사람들은 앉은 자리에서 그대로 토했다. 그 비좁은 곳에 갑자기 사람들이 한꺼번에 토해 놓은 것 같은 냄새가 진동했다. 하미드가 몸을 돌려 배에 탄 사람들을 향해 말했다.

"토사물을 배 밖으로 버려야 해요."

보트 안엔 발목까지 잠길 정도로 물이 넘쳐 들어와 있었다.

배 안으로 스며든 물이 토사물과 한데 뒤섞였다. 갑판의 널빤지 몇 장을 들어내자, 선체가 거의 50센티미터 정도 물속에 잠겨 있는 것이 보였다.

컵이나 통조림 깡통 같은 것이 없는 사람은 맨손으로 물을 퍼내어 배 밖으로 쏟았다. 그러나 모두들 달라붙어 물을 퍼내느라 애를 썼지만 헛수고였다. 아니 반대로 물 높이가 점점 높아지는 것 같았다.

사람들은 어딘가 물이 새어 들어오는 곳이 있는지 꼼꼼하게 선체를 살펴보았다. 선판 하나가 깨어져 그곳으로 물이 들어오고 있었다. 그 밖에 선판 사이를 잇는 이음새 한 군데도 벌어져 있었다. 사람들은 우선 물이 새어 드는 곳을 맨손으로 막았다. 그런 다음 옷가지를 찢어 틈새를 막아 놓았다. 그렇게 하면서도 그들은 이 망가진 곳들이 밀봉한 듯 완벽하게 막아지지는 않을 거라는 걸 알았다. 차오르는 물은 계속 퍼낼 수밖에 없었다. 밤이든 낮이든 계속……

그날 밤은 특히 힘든 밤이었다. 추위와 축축한 옷, 그리고 딱딱하게 뭉친 근육 때문에 몇몇 승객들은 신음 소리를 내며 흐느끼기도 했다. 특히 몇 시간 전만 해도 거리낌 없는 춤으로 시선을 끌었던 조이는 마음을 거의 가라앉히질 못했다. 그녀는 절망적으로 '살려 달라'며 하염없이 소리를 질러 댔다. 그녀의 목소리가 밤하늘을 가르고 큰 소리로 울려 퍼지자 버려진 것 같은 느낌이 더욱 강하게 밀려왔다.

"그만해요, 조이! 당장 그만두라고. 우리가 지금 어디 있는 줄 알아요? 바다 한가운데라고요. 아무도 없어요." 승객들이 그녀를 설득했다. "그렇게 소리를 질러 대니까 당신 때문에 우리까지 전부 미칠 것 같잖아요! 목청이 찢어져라 하고 소리치는 건 그럴 수도 있다고 쳐요. 하지만 들을 사람이 아무도 없잖아요!"

그러나 얼마 안 있어 배의 불빛이 보였다. 모두들 배를 뒤쫓아 눈길을 돌렸다. 배는 계속 북서쪽으로 항로를 이어 가더니, 마침내 다가올 때처럼 조용히 시야에서 사라졌다. 멀리 떨어진 곳이긴 했지만 배의 불빛을 보며 모두들 어느 정도 마음의 위안을 얻을 수 있었다. 적어도 이 드넓은 바다에 온전히 그들만 있는 게 아니라는 걸 알았으니까.

새벽 4시 무렵, 날이 밝았다. 그러나 어둠을 뚫고 나온 해가 빛을 쏟아 놓은 곳은 물의 황야와 같은 망망대해 위였다. 도무지 마를 생각을 하지 않는 축축한 옷 때문에 온몸이 얼어붙는 것 같았다. 모두들 추위에 덜덜 떨었다. 떨리는 팔을 꽉 잡고 나서야 시아드는 몇 시인지 시계를 볼 수 있었다.

그날 아침 저장품을 살펴본 하미드와 시아드는 저장 식품들이 거의 바닥이 난 걸 확인할 수 있었다.

"언제 배가 와서 우리를 발견할지 몰라요. 이틀 내지 사흘은 대비해야 하는데, 그러려면 남은 식수를 제한해서 배급하는 수밖에 없어요. 한 사람 앞에 하루에 한 번, 물 한 컵에 대추야자 두 개씩이 돌아갈 수 있을 것 같습니다."

모두들 하미드의 제안을 받아들였다. 시아드는 샤라의 얼굴에서 점점 걱정이 늘어 가는 걸 읽을 수 있었다. 샤라의 두 눈은 깊은 고통의 빛을 내뿜고 있었다. 그 모습에 시아드는 점점 더 강한 책임감을 느끼게 되었다. 정오쯤이었다. 샤라의 귓전에 아빠가 하미드와 스테니에게 힘주어 말하는 소리가 들려왔다.

"배가 우리를 발견해서 실어 주는 것만 바라보고 있어선 안 돼. 우리 스스로 우리의 운명을 개척해야 한다고."

"어떻게 말인가?"

"바람도 충분하고, 갑판 위엔 담요와 보자기들도 충분히 있어.

잘해서 돛을 달아 놓으면, 하루에 10마일에서 12마일 정도는 수월하게 나갈 수 있을 걸세."

"관두게." 하미드가 투덜거리며 말했다. "이 배는 사람들을 너무 많이 태워서 겨우 물에 떠 있어. 제아무리 팽팽하게 바람을 먹은 돛이라고 해도 이 배를 밀고 나가는 건 불가능해."

시아드는 그래도 뜻을 굽히려 하지 않았다. 고집스럽게 밀어붙이는 단호함에 듣는 사람들의 마음에 있던 의구심들이 단숨에 쓸려 나갔다.

"돛이 제 기능을 안 해도 좋아. 그래도 사람들에게 희망을 줄수는 있어. 나는 20년 동안이나 병원에서 일을 했네. 희망을 잃고 자포자기한 사람들이 어떤 일을 겪게 되는지 잘 알고 있지."

하미드는 말이 없었다. 찰스는 괜찮은 아이디어라고 생각했다. 게다가 그는 라이베리아 해안에서 배의 모터가 고장 나, 즉석에서 돛을 만들어 달았던 경험도 있었다. 갑판 위에 있는 대부분의 사람들은 시아드의 제안을 두고 설전을 벌이기엔 다들 너무 지친 상태였다. 돛이라니? 이 사람 몽상가로구먼, 몽상가!

"여자분들 중에 바느질 도구를 갖고 계신 분들이 있을 겁니다." 시아드가 외쳤다. "우리는 해낼 수 있어요. 우리에게 기회가 올 거라는 것을 믿어야 합니다. 포기해서는 안 됩니다."

그들은 아마로 된 보자기들과 낡은 담요, 그리고 침대 시트 등을 꿰매어 사각형의 돛을 만들었다. 두 시간도 되지 않아 돛이

완성되었다.

배 위엔 밧줄도 있었고, 철사와 못도 충분했다. 돛을 달아 올리자, 불어오는 미풍에 곧바로 돛이 부풀어 올랐다. 배가 뒤로 한번 밀리더니 앞으로 나아가기 시작했고 사람들의 환호성이 울려 퍼졌다.

누군가 소리쳤다.

"유럽이여, 기다려라! 우리가 간다!"

바람을 맞아 돛에서 휘잉잉휘잉 바람 소리가 났다. 몇 군데는 바느질이 엉성하여 불안해 보였지만, 그래도 천들은 다들 잘 붙어 있었다.

"이 웃긴 모터보다 얘가 더 잘 나가네."

스테니가 우스갯소리를 했다.

"노 모어 반쿠, 반쿠 죽은 이제 그만!"

억압받고 짓눌린 자들의 찬가 소리는 점점 커져 힘찬 신앙고백이 되었다. 억눌린 자들의 분노 앞에서 두려움이 사라져 버렸다. 이제 이들은 어떠한 어려움에도 굴하지 않을 것이다. 그들의 미래는 유럽이다. 그 어떤 것도 이 목표를 꺾을 수 있는 것은 없었다.

그들은 귀신을 쫓고, 더위와 목마름을 이기기 위해 찬송가와 노래를 불렀다. 사하라사막을 가로지르며 지프차와 화물차 속에서 불렀던 노래도 이 노래들이었다. 그러나 노래는 며칠 전처럼 힘차고 열광적이지 않고, 애절하고 나지막하게 울려 퍼지고 있었다.

모두들 조이의 상태를 보며 걱정이 늘어 갔다. 그녀는 열이 펄펄 났다. 얼굴이 불덩이같이 뜨끈뜨끈했고, 이마엔 식은땀이 송글송글 맺혀 있었다. 밤새 심하게 감기가 든 것이었다. 그녀는 들릴 듯 말 듯 계속 물을 찾았다. 시아드는 그녀에게 어떤 도움도 줄 수 없었다. 샤라는 그녀의 이마를 쓰다듬으며 가끔씩 젖은 수건을 머리 위에 올려 주었다.

남자들 몇이 배에 고정되어 있던 모터를 들어내어 바다에 던졌다. 조금이라도 무게를 줄여 배를 가볍게 하려는 것이었다. 날이 저물 무렵 시아드는 보트 가장자리에 눈금 두 개를 새겼다. 그와 더불어 하미드, 스테니와 함께 하던 물푸기 작업도 중단했다. 교대 시간이 끝난 것이었다.

낮을 밀어내고 저녁이 밀려왔다. 바다 위엔 붉은 구릿빛 구름이 걸려 있었고, 공기는 비단결같이 부드럽고 따뜻했다. 수면이 연보라색으로 물들었다.

샤라는 전부터 사람들이 어떻게 별을 따라 항해를 할 수 있는지 궁금할 때가 많았다. 어두워지자 이제 졸지에 '돛단' 배의 선장이 되어 목적지까지 안전 운항을 책임지게 된 찰스가 샤라에게로 다가와 말했다.

"저 별 보이니? 저건 카시오페이아야. 오른쪽 별 두 개를 쭈욱

늘이며 가다 보면 북극성에 이르게 되지. 북극성이 있는 곳이 언제나 북쪽이란다."

그는 또 용자리, 페르세우스자리와 같이 옛날부터 뱃사람들 사이에 널리 알려져 온 오래된 별자리들도 가르쳐 주었다. 저 위, 저 머언 곳에서 별자리들이 묵묵히 빛을 발하며 서 있었다. 샤라는 놀란 표정으로 열심히 별자리를 찾아보았다.

시아드는 샤라의 머리를 쓰다듬어 주었다. 샤라가 말하는 것을 듣고 있으면 시아드는 종종 아내 생각이 나곤 했다. 샤라의 많은 면들이 아이의 엄마를 생각나게 했다. 지금도 사라를 안아 주다 보니, 아내 사리와 함께했던 시간들이 다시 생생하게 되살아났다. 특히나 뭔가 새로운 것, 지금껏 자신이 알지 못했던 어떤 것이 자신의 인생 속으로 뚜벅뚜벅 걸어 들어왔음을 직감했던 저 아름다웠던 시절이……

5

　　그 당시 시아드는 맹목적으로 앞만 보고 살았다. 그런데 갑자기 모든 것이 달라졌다. 그전까지 그는 시계추처럼 병원만 오갔고, 여자들에 관해서도 그다지 특별히 관심을 두지 않았었다. 게다가 아직 청소년이어서 간호사 과정을 마치려면 몇 년 동안 열심히 공부만 파고들어야 했기 때문에, 여자 친구를 사귈 만한 시간도 거의 없었다.

　그가 사리를 만난 건 마을 축제에서였다. 그녀는 키가 컸고, 그의 친구들이 말한 대로 마을에서 제일 아름다웠다. 사리의 부모님은 근검절약하여 만족할 정도의 생활수준을 유지하였다. 사리의 아버지는 사탕수수 농장의 감독이었다.

　시아드가 수도권에서 명성이 높은 디그퍼 종합병원에 취직하였을 때, 그와 아내는 멋진 기념 파티를 열었다. 그들은 모가디슈 근교에 집을 짓고, 양과 염소를 몇 마리 길렀다. 집이 강가에 있었기 때문에 비가 적고, 뜨거운 땅을 개간하여 비옥한 토지로 만들 수 있었다. 사리가 첫딸 파히예를 낳았을 때 그들의 행복은 더할 나위 없이 완벽해 보였다.

이 소박한 행복은 뒤이어 생긴 둘째 아이가 태어난 뒤 바로 사라지면서 흐린 날씨처럼 음울해졌다. 3년 동안이나 비가 거의 오지 않았고 집 가까이 있던 강도 완전히 말라 버렸다. 계속되는 가뭄에 온 나라가 괴로워했다. 무자비한 태양이 덤불 지대와 사막의 스탭지대(사막 다음으로 건조한 기후를 가진 초원지대. 사막 주변 지역에서 볼 수 있고, 긴 건기에 비해 우기는 매우 짧으며 연평균 강수량은 250~500밀리미터이다_옮긴이)를 바싹 태웠다.

내전이 터졌지만, 한동안 시 외곽 지역은 아무 탈 없이 무사했다. 그렇긴 했지만, 주민들은 서로 경쟁 중인 부족들 사이에 긴 맷돌 밥 같은 신세가 되었다. 소말리아는 점점 더 무정부 상태로 빠져들었다. 아프리카의 뿔(소말리아 반도를 일컫는 말. 아프리카 대륙 동쪽 끝단에 코뿔소의 뿔처럼 비죽이 돌출되어 있는 데서 유래된 명칭_옮긴이)에 위치한 이 고통의 땅은 여러 부족과 당파들의 세력권과 전투 구역으로 잘게 분할되어 모자이크와 같은 땅으로 전락하였다. 도시 한 구역에서 다른 구역으로 이동하려는 사람은 돈이 많이 필요했다. 통행세를 내야 했기 때문이었다. 적대 관계에 있는 부족들은 종종 밤낮을 가리지 않고 적진을 향해 발포하곤 하였다. 서로 자기네 편은 겁먹지 않았으며, 언제든 스스로를 보호할 준비가 되어 있다는 것을 보여 주려는 것이었다.

그때 그는 소말리아를 떠나는 것에 대해 아내와 함께 처음으로 심각하게 생각해 보았다. 그는 유럽에 가면 간호사라는 직업이 좋은 기회를 주리라는 것을 알고 있었다. 이탈리아와 독일의 병원과 양로원에서는 간호사 인력을 구하고 있었다. 그러나 그는 범죄 조직을 믿고 자신의 일을 맡기고 싶지는 않았다.

　　그러던 어느 날, 그가 병원에서 퇴근하여 막 집으로 돌아오고 있을 때였다. 집 근처에 다다를 무렵, 남자 세 명이 그를 덮쳤다. 그들은 권총으로 그를 위협하면서 말했다.

　　"듣자 하니 상당히 잘산다고 합디다. 좋은 집도 있고……. 계속 그 집에서 살고 싶으면, 보호 비용을 좀 물어야겠수. 그렇지 않으면 당신 가족들한테 좋지 않을걸."

　　이들 세 명은 마약에 푹 쩌든 채 수도의 주인이라도 된 듯 모가디슈 거리를 누비고 다니는 청년 전투병들 무리의 일부였다. 이들은 훔친 지프차와 낡은 화물차의 짐칸에 대전차 로켓포, 방향 이동이 자유로운 기관총, 그리고 차 머리 위에는 고사포 화기를 싣고 수도를 누비고 다녔다. 단기를 높이 휘날리며, 어두운 눈길로 카트(아프리카에서 나는 마약 성분의 약초 중 하나_옮긴이)를 질겅질겅 씹으면서.

　　시아드는 아내와 아이들에게 이 예기치 못했던 사건에 관해선 아무 이야기도 하지 않았다. 가족들의 마음을 불안하게 하고 싶지 않았다. 뿐만 아니라 그는 이 갱단의 협박에 굴하고 싶지도 않았다.

집이 폭격을 맞은 뒤로 그는 줄곧 '우리 가정이 파괴된 건 내 잘못이야'라며 자책감에 시달렸다. 종종 저 저주받은 12월의 그날, 집이 폭발하던 그 순간에 자신이 아내 옆에 있었더라면 하고 바라기도 했다.

항해한 지 사흘째 되는 날이었다. 열기와 배고픔, 그리고 목마름이 그들을 괴롭혔다. 날이 밝자 그들은 수평선을 바라보며 지나가는 배가 있는지 살펴보았다. 그러나 옅은 안개 베일에 시야가 가려 잘 볼 수 없었다. 해가 떠도 안개는 좀처럼 흩어질 줄 몰랐다.

시아드는 식수 탱크를 살펴보았다. 대략 20리터 정도의 물이 남아 있었다. 내일이면 모두들 마지막으로 배급되는 물을 마시게 될 것이다. 한 사람당 반 컵씩으로 배급량을 줄여야 하나? 그렇게 하면 분명히 불평불만이 적지 않을 텐데. 얼마나 온 걸까? 지금 어디쯤 있는 걸까?

그날 오전 내내 튀니스호는 무풍에 발이 묶여 있었다. 정오가 되어서야 바람이 일었다.

더위와 계속되는 물 퍼내기 작업은 모두를 지쳐 떨어지게 만들었다. 그들은 한군데에 옹기종기 모여, 옆 사람에게 몸이 닿지 않게 하려고 거의 꼼짝도 하지 못했다. 시아드와 샤라는 땀으로

범벅이 되어 고약한 냄새를 풍기는 몸들에 둘러싸여 있었다. 조금이라도 더위를 피해 보려고 모두들 수건과 옷을 적셔 머리 위에 얹어 놓았다. 딱딱한 바닥에 누워 있다 보니 온몸의 뼈마디가 다 쑤셨다. 시아드는 샤라의 몸에 난 퍼런 멍 자국과 여기저기 살이 까져 있는 것을 보았다.

오후에 그들은 엔진 소리를 들었다. 은빛의 거대한 여객기가 푸른 창공을 가르며 날아가고 있었다. 하늘 높이 날아가는 제트기 뒤로 끝없이 이어지는 항적운은 벌써 여러 번 보았었다.

"저건 보통 고도가 아닌걸. 비행기가 가볍게 하강하고 있어. 아마 제르바(제르바 섬. 튀니지 동남 해안의 가베스만 입구에 있는 섬으로 고대 로마의 유적지여서 관광지로 유명하다_옮긴이)로 비행하는 것 같은데."

찰스가 말했다.

갑자기 나타나 같은 방향으로 날아가는 비행기들은 오전에만도 벌써 여러 대 보았다. 찰스는 그 비행기들이 나폴리나 로마, 베를린과 같은 곳에서 오는 걸 거라고 생각했다. 샤라는 비행기를 타고 튀니지의 휴양지에서 휴가를 보낼 마음에 들떠 있을 사람들을 생각했다.

"비행기들 덕분에 정확히 북동쪽으로 항로를 유지할 수 있겠군."

찰스가 말했다.

조이의 상태는 점점 더 나빠졌다. 높은 열 때문에 심하게 몸을 떨었고, 숨을 가쁘게 몰아쉬었다. 기침할 때 나온 가래에는 피가 섞여 있었다. 시아드가 보기에 폐렴인 것 같았다. 그는 그녀에게 항생제를 처방해 주었다. 사하라사막을 지나는 동안 그가 지니고 있던 항생제 중에 마지막으로 남아 있던 것이었다. 조이는 많은 수분이 필요한 상태였다. 시아드는 자기에게 주어진 하루분의 물을 그녀에게 넘겨주었다.

잠깐 동안 샤라는 내가 지금 꿈을 꾸고 있는 건가라며 혼잣말을 했다. 잠시 뒤 퍼뜩 정신이 든 샤라는 이게 꿈이 아니라 현실이라는 생각이 들었다. 시아드는 세네갈 사람 라히드가 칼로 썩은 나무판에서 녹슨 못 한 개를 들어내는 것을 지켜보고 있었다.

"라히드, 뭐 하는 거요?"

"걱정하지 마세요. 이 못 한 개 빼낸다고 배가 해체되지는 않을 테니까."

라히드는 못에서 녹을 긁어내고 못을 갈고리 모양으로 구부렸다. 그는 미끼로 쓰려고 작은 대추야자 열매를 가져왔다. 샤라는 열심히 애를 쓰고 있는 라히드를 바라보며 점점 호기심이 더해졌다. 샤라의 자리는 배의 가장자리에 있었는데, 거기선 많은 물고기들이 무리를 지어 튀니스호 주변을 에워싸고 있는 것을 종종 볼 수 있었다.

"물고기들이 자네의 갈고리를 보면 숨이 넘어가라고 웃겠구면." 누군가 그를 비웃으며 말했다. "그러면 자넨 가만히 앉아서 웃다가 죽은 녀석들을 쓸어 담기만 하면 될 걸세."

그러나 라히드는 자기가 만든 낚시에 물고기가 곧 걸려들 거라며 확신에 차 있었다. 하지만 물고기들은 대추야자 열매는 원하지 않았다. 녀석들은 흥미롭게 대추열매를 바라보다가 몸을 돌려 버렸다.

마침내 한 마리가 열매를 덥석 물었다. 그러나 고리가 너무 무디다는 새로운 사실만 깨닫게 해 주고 녀석은 사라져 버렸다. 그러자 라히드는 이번엔 옥수수 알갱이와 허리띠 버클을 가지고 다시 시도해 보았다. 그러나 그것도 무디기로는 매한가지였다. 물고기들은 이번에도 이 이상하게 생긴 갈고리에서 옥수수 알갱이만 집어삼키고는 사라져 버렸다. 라히드는 금속판을 하나 가져와 줄질을 하여 다듬었다. 그러나 이것도 쓸 만한 것이 못되었다.

"내 손전등 갖고 한번 해 보슈."

스테니가 말했다.

손전등이라고? 샤라는 몰래 아빠를 쳐다보았다. 웃는 사람들도 몇 명 있었다. 어찌어찌하다 보니 사람들은 어렴풋이나마 이 나이지리아 출신의 사람이 재미있기는 한데 머리가 완전히 정상은 아니라는 걸 알게 되었다.

스테니는 사람들의 웃음소리 따위는 신경 쓰지 않았다. 그는 침착하게 손전등의 손잡이를 돌리더니 속에 있던 배터리를 손바닥 위로 굴려 떨어트렸다. 그러고 난 다음, 그는 의기양양한 표정으로 배터리 케이스에 고정되어 있던 철사 스프링을 보여 주었다.

"스테니, 아저씨는 천재예요."

샤라는 중얼거리며 그를 인정해 주었다.

라히드는 열광하였고, 모두들 이 나이지리아 사람을 칭찬하자 그는 한껏 자랑스러운 표정이 되었다.

샤라는 스테니가 좋았다. 그의 유쾌한 기분은 전염성이 있었다. 튀니지 해안가의 은신처에서부터 그는 여러 가지 마술로 샤라를 즐겁게 해 주었다. 그는 손등에 두었던 동전을 사라지게 했다가 다시 나오게 하는 마술도 할 줄 알았다. 몇 번이나 반복해서 그 마술을 보고 또 정확히 보려고 주의를 기울여 보았지만, 샤라는 스테니의 감쪽같은 속임수를 알아차릴 수 없었다. 그러나 그의 마술 솜씨보다도 샤라가 스테니에게 더 감탄스러워했던 것은 그의 음악적 재능이었다. 스테니의 만돌린 연주가 어찌나 인상적이던지, 샤라는 아빠를 졸라 이탈리아에 도착하면 만돌린을 사 주겠다는 약속을 받아 내기도 했다.

당연히 스테니의 여자 친구에 관한 것들에도 샤라는 관심이 많았다. 그는 유럽에서 일자리를 찾는 즉시 그녀와 결혼할 작정이었다. 스테니는 샤라에게 그녀의 사진도 보여 주었다. 들은 대로 미인이었다.

이제 몇몇 사람들은 물고기가 정말로 걸려드는지 보고 싶어 했다. 얼마 안 되어 황금잉어 한 마리가 노끈에 걸려 올라오자 모두들 환호성을 질렀다. 라히드와 그의 친구들이 물고기를 향해 게걸스럽게 덤벼들었다.

"반 토막은 스테니 아저씨 거예요!" 샤라가 소리 질렀다. "스테니 아저씨가 없었으면 아저씨들은 아무것도 잡지 못했을 거예요."

그러나 라히드는 잡아 올린 물고기를 스테니와 나누려고 하지 않았다. 그러자 다른 사람들도 큰 소리로 스테니의 편을 들었다.

그는 심한 욕설을 내뱉으며, 고기의 머리 부분을 아무렇게나 잘라 스테니에게 던졌다. 스테니는 슬픈 눈으로 자기 앞에 떨어진 물고기의 일부를 바라보았다. 그러고 나서 칼로 이리저리 아가미 쪽을 쑤석거려 맛을 보았다.

"음, 맛 한 번 희한하군. 그래도 갈증은 가실 수 있겠어."

스테니는 샤라에게도 조금 떼어 주었다. 그러나 샤라는 입을 비쭉거리며 헛구역질만 하였다. 첫 번째 잡은 물고기의 가시는 다음 낚시를 위한 낚시 바늘이 되었다. 곧 뱃머리에서부터 배의 후미에 이르기까지 여러 개의 낚싯줄이 늘어져 있는 진풍경이 펼쳐졌다. 인내심을 갖고 사냥감을 기다리는 것. 그것이 사람들에게서 원초적인 힘을 불러 모았고 덕분에 사람들은 해이해진 생각들을 다잡을 수 있었다.

"바쁘게 일할 거리가 있다는 건 정신 건강에 좋은 일이지."

시아드가 하미드에게 말했다.

튀니스호에선 낮이 밤보다 훨씬 견디기 쉬웠다. 샤라는 어떻게 해야 그 끝날 것 같지 않은 칠흑 같은 어두움과 외로움 속에서 빠져나올 수 있을지 막막하기만 했다. 눈물과 수면 부족으로 빨갛게 변한 샤라의 푸른 눈엔 공포와 충격이 고스란히 드러나 있었다. 한번은 샤라가 꿈속에서 자기 엄마와 이야기를 나누는 소리에 시아드가 잠에서 깬 적도 있었다. 그는 샤라를 깨울 엄두가 나지 않았다. 샤라가 잠꼬대를 하는 동안 그는 보트 가장자리에 웅크리고 앉아 있었다. 눈물이 소리 없이 흘렀다.

그날 밤이었다. 스테니가 목구멍을 짓누르는 것 같은 이상한 소리를 냈다. 그리고 몇 번이나 발작하듯 신음 소리를 냈다. 고통을 참아 보려고 애를 쓰는 것 같았다. 다음 날 아침, 그는 보트 가장자리에 누운 채, 겨우겨우 숨을 쉬고 있었다. 잿빛같이 창백한 얼굴에 텅 빈 시선이었다.

"세상에! 스테니, 무슨 일이야?"

시아드가 물었다.

"지난밤은 진짜로 끔찍한 밤이었어요. 정말로 무지 아프더라고요. 하지만 참고 견뎌 내야 했죠."

스테니가 그의 소매를 걷어 올렸다. 시아드와 샤라는 기절할 뻔했다. 팔꿈치 위쪽이 온통 불에 덴 자국 투성이였다. 온 팔이 끔찍하게 보였다.

"고문 흔적이죠." 스테니는 고통으로 일그러진 얼굴로 웃으며 말했다. "이제 나에게 좀 더 좋은 기회가 올 거라고 생각하지 않아요?"

밤새 그는 자기 손으로 자신의 몸에 덴 자국을 만든 것이었다. 담뱃불로 말이다. 샤라는 얼음같이 차가운 한 줄기 전율이 등줄기로 스쳐 지나는 것을 느꼈다.

"하지만, 스테니." 시아드가 말했다. "아무도 자넬 믿어 주질 않을 걸세. 상처가 지금 막 데인 것처럼 보이지 않는가. 하루 이틀 안에 아물지 않을 거라고."

스테니는 그 말에도 꿋꿋했다.

"자세히 살펴보지 않으면 이탈리아 사람들이 알아보지 못할 거예요."

시아드는 그저 마지막 남아 있던 무균 붕대로 상처를 감싸 주는 것 외에 달리 스테니를 도울 길이 없었다. 화상 상처는 어떤 경우에도 손으로 접촉하면 안 된다. 그렇게 하면 감염될 위험이 매우 커지기 때문이었다.

"스테니, 자네 정말로 미쳤군. 이젠 제발 어리석은 짓 좀 그만 하게."

신음하듯 시아드가 말했다.

"이번엔 꼭 성공해야 한단 말이에요." 스테니는 반쯤 숨이 막힌 것 같은 목소리로 말했다. "저에겐 이번이 마지막 기회가 될지도 몰라요."

샤라는 억지로 눈물을 참으며 스테니의 손을 잡았다. 처음엔 그냥 살며시 잡았지만, 나중엔 두 손을 꼭 붙잡고, 오랫동안 그 손을 놓질 못했다.

그날 오전, 튀니스호의 사람들은 마지막 식수를 마셨다. 갈증은 모두를 괴롭혔다. 그들은 울며 낮은 목소리로 비를 내려 달라고 기도하였다. 시아드는 알고 있었다. 가장 위험한 것이 바로 갈증이라는 것을. 물을 마시지 않고 3일 내지 4일이 경과하면 사람들은 의식을 잃게 된다. 시아드의 귀에 누군가 말하는 소리가 들려왔다.

"야, 마시지 마. 그건 마시면 안 돼."

시아드는 너무 멍한 상태여서 그것이 무슨 말인지 감이 오질 않았다. 왜 마시면 안 된다는 거지? 뭘 마시면 안 된다는 말이야? 마실 게 아무것도 없는데 어디서 뭘 마신다고…….

"입 닥쳐, 내가 뭘 하는지는 나도 알고 있으니까."

쌀쌀맞게 친구들을 꾸짖는 건 오스만이었다. 시아드는 갑자기 정신이 번쩍 났다. 바로 그때 하미드가 그를 툭툭 쳤다.

"시아드, 몇 사람이 바닷물을 마시고 있네. 저러다 처참하게 죽게 생겼어."

'그건 저들이 포기했다는 말이다.'라고 시아드는 생각했다. 슬픔이 밀려오면서 동시에 분노가 치밀어 올랐다. 난파당한 많은 사람들이 언젠가는 결국 바닷물을 마시게 된다는 것을 그는 알고 있었다. 그들은 앞뒤가 맞지도 않는 말들을 지껄이기 시작하다가 미친 사람처럼 변해 갔다. 특히 오스만이 많이 마신 것 같았다. 두 눈이 움푹 들어가고, 입술이 푸르스름해진 모습이 전형적인 탈수증상을 보이고 있었다.

정오 무렵이었다. 배의 후미에 있던 승객 한 명이 갑자기 몸을 뒤로 젖히더니 벌떡 일어나 배의 가장자리를 향해 비틀거리며 걸어갔다.

"배다. 저기 배가 온다!"

그가 갈라진 목소리로 소리쳤다.

정말이었다! 수평선 위로 반짝거리는 점 하나가 나타나더니, 천천히 전진하여 오는 것이었다. 배였다.

"소용없어!" 하미드가 말했다. "우리를 보지 못할 거야."

여행을 처음 시작할 때부터 시아드는 조이의 몇 가지 안 되는 물건들 중에 손바닥 두 개 정도만 한 둥근 거울이 눈에 띄었었다. 그녀는 그 거울을 가끔씩 꺼내어 얼굴을 들여다보곤 했었다. 햇빛이 충분히 강했기 때문에 그 거울을 이용하면 점멸 신호를 보낼 수 있을 것 같았다. 배의 모습이 점점 더 거대해졌다. 화물선이었다. 배는 곧장 보트 쪽을 향해 달려왔다. 뒤이어 길게 뻗은 선체가 눈에 들어왔다. 뱃고동 소리까지 들릴 정도로 배가 가까워졌다. 여러 명의 남자들이 사령교 위에 서서 바다를 바라보고 있었다. 샤라는 갈비뼈가 울릴 정도로 거세게 심장이 방망이질 치는 것이 느껴졌다.

"살려 줘요! 살려 주세요!"

모두들 쉬지 않고 목이 터져라 소리 지르며 야수처럼 행동했다. 스테니는 화려한 그림이 그려진 그의 남방을 벗어서 마구 흔들었다. 몇몇 사람들은 어찌나 심하게 팔을 휘저었는지 거의 무게중심을 잃고 배 밖으로 떨어질 뻔 하기도 했다.

그러나 배는 가던 길로 계속 항해할 뿐이었다. 속도도 줄이지 않은 채, 그대로 그들의 옆으로 미끄러지듯 지나갔다.

"저런 멍청한 놈들이 다 있나!"

"알라신이여, 저들을 벌하소서!"

화물선이 뱃고동 소리를 내며 멀어져 갔다. 대형 선박의 뱃머리가 가르고 간 세찬 물결에 튀니스호는 술에 취한 것처럼 이리저리 출렁거리다가 하마터면 완전히 뒤집힐 뻔 했다. 모두들 사지를 뻗은 채 선판에 널브러질 정도로 파도의 위력은 대단했다. 화물선이 소리를 들을 수 있는 거리를 훨씬 벗어났는데도 고기잡이배의 외침은 한참 동안이나 계속되었다.

그들은 배가 점점 작아져 짙은 색 얼룩처럼 보일 때까지 오랫동안 배를 바라보았다. 배의 긴 선체는 이미 수평선에 걸쳐져 반 동강이 나 보였다. 이제 그들은 깨달았다. 자신들이 아무도 갖고 싶어 하지 않는 난파선의 짐 덩어리처럼 이 망망대해 위를 둥둥 떠다니고 있다는 것을.

"아마 밀수선이었을 거예요. 그러니까 당연히 우리를 위해서 아무것도 하지 않으려고 한 거지요."

찰스가 말했다.

그런가 하면 또 어떤 사람들은 붉은 바탕에 초승달과 별이 그려진 튀니지공화국 국기를 보았다고 하기도 했다.

"그래, 어쩌면 더 잘된 일일 수도 있어. 다음에 오는 배는 우리를 실어 줄 거야."

시아드가 말했다.

하미드는 "적어도 이제는 우리가 배가 다니는 길목에 있다는 것 하나는 확실히 알게 된 셈이지."라며 사람들을 진정시켜 보려고 했다.

오후가 되자 그토록 고대하던 구원의 손길이 펼쳐졌다. 점점 구름이 모여들더니 하늘이 짙은 먹구름으로 뒤덮였다. 비가 몇 방울 떨어졌다. 난민들은 부어오른 혓바닥을 내밀어 빗물을 먹었고, 바닷물의 소금기 때문에 쓰라렸던 눈에 빗물이 흘러내리게 하였다. 그리고 돛을 펼치어 빗물을 받아 모았다. 비는 불과

5분도 채 내리지 않았지만, 억수같이 내린 비는 잔뜩 풀이 죽어 있던 이들에게 다시 위로와 격려가 되어 주었고, 마음에 희망을 채워 주었다.

배의 분위기가 단번에 뒤바뀌었다. 노래를 하고, 서로 농담을 하기도 했다. 여자들 가운데 한 명은 가지고 온 시빌 클리어 미백 크림을 꺼내었다. 규칙적으로 발라 주면, 눈에 띄게 환한 피부를 갖게 되는 크림이었다. 나이지리아 출신의 그 젊은 여자는 갖고 있던 비상금을 모두 털어 스팍스에서 TCB 크림도 구입하였는데, 이 크림은 곱슬곱슬한 머리카락을 반지르르한 생머리로 펴 주는 미용 재료였다. 독일의 거리에서 아프리카 흑인으로 눈에 띄는 걸 원치 않았기 때문이었다. 한 친척이 편지에다 그곳에선 머리를 박박 민 인종차별주의자들이 가끔 흑인과 아시아인들을 사냥한다고 썼던 것이다. 그녀는 독일에 도착할 때쯤이면, 이 두 가지 크림이 톡톡히 효과를 발휘할 거라고 생각했다. 그녀는 팔과 다리에 크림을 펴 발랐다. '타고난 검은 피부색이 완전히 가시지 않는다는 게 유감스럽긴 하지만'이라고 불평을 하면서도 그녀는 조금이라도 하얘질 수 있다면 그 기회를 이용하고 싶다고 했다.

6

그날 아침, 시아드는 튀니스호에서 보낸 날들을 제대로 세었는지 확신이 서질 않았다. 오늘이 닷새째이던가, 아니면 엿새째이던가? 어제 눈금을 새겨 놓았던가?

비 때문에 모두들 새로운 힘과 확신을 얻었던 날 오전, 그들은 희망으로 가득했었다. 오후 내내 그들은 저녁이 되어 텅 빈 수평선 너머로 해가 가라앉을 때까지 계속 육지를 찾아 사방을 둘러보았다.

시아드는 람페두사가 있는 남쪽을 지나쳐 온 건 아닌지 궁금했다. 배가 생각보다 훨씬 느린 속도로 항해하고 있는지도 몰랐다. 샤라는 일어서 보려고 했다. 그러나 다리가 뜻대로 움직이질 않았다. 양쪽 다리는 힘이 빠질 대로 빠져 약해져 있었고, 무릎이 떨려 왔다.

모두들 서서히 자신들이 절망적인 상황에 처하였다는 걸 어렴풋이나마 알게 되었다. 그들의 대화는 곧 눈짓과 몸짓으로 묻고

답하는 식이 되었다. 느릿느릿 가는 시간은 사람의 진을 다 빼어 놓았다. 비몽사몽지간에 샤라는 자기를 부르는 목소리를 들은 것 같았다. 온갖 장면들이 뒤죽박죽되어 머릿속을 파고들었다. 집이며 가족들이며 온갖 장면이 샤라의 눈앞에 펼쳐졌다.

샤라는 갑자기 누군가 말을 걸어오는 소리를 들은 것 같았다. 아빠였다. 아빠는 샤라를 품에 안고 이마를 쓰다듬었다.

"얘야, 아빠가 오늘이 네 생일이라는 걸 잊지 않고 있단다."

생일이라고? 샤라는 머리를 문질렀다. 튀니스호에서 보낸 날들을 제대로 계산해 보니 정말로 오늘이 자기의 열네 번째 생일날이었다.

"행운을 빈다!" 아빠가 속삭이며 말했다. "다 잘될 거야."

스테니는 "어디서 생일케이크를 구해 온다죠?"라고 묻고는, 들고 온 비닐 보따리를 가져와 배가 불룩한 지갑에서 얇고 작은 픽을 꺼내었다.

"이건 내가 평생 동안 들고 다니던 거야, 어딜 가든 항상. 이걸 갖고 있으면 행운이 올 거야."

샤라는 빨간색 만돌린 픽을 손에 쥐었다. 스테니가 멋지게 만돌린 연주를 뽐낼 때 쓰던 것이었다. 샤라는 힘들게 몸을 일으켜 스테니의 뺨에 뽀뽀를 해 주었다.

그날 밤 갑판 위는 미동조차 찾아볼 수 없었다. 단조로운 물결만이 철썩철썩, 정적을 깨트릴 뿐. 아침이 되자 천천히 손들이 올라와 보트의 가장자리를 더듬거렸다. 바람 한 점 느껴지지 않았고, 돛도 지친 듯 맥없이 축 늘어져 있었다. 축축한 안개에 뒤덮인 채, 튀니스호는 무풍지대에 묶여 있었다. 시아드는 무엇이라도 보일까, 안개 사이를 살펴보았다. 튀니스호는 마치 유령선처럼 어디가 바다인지 어디가 하늘인지 모를 스산한 풍경을 뚫고 나아갔다.

우윳빛 안개 속에서 모두들 몸이 시려 왔고, 고독감과 패배감이 밀려오는 걸 느꼈다.

해가 보이질 않으니 진로를 정하는 것도 불가능했다.

시아드는 마음속에서 이상한 소리가 들려오는 걸 느꼈다. 뭔가 동물이 내는 소리같이 들리기도 했다. 거대한 동물이 그들에게 소리치는 것 같았다.

"여기 내가 있다. 여기 내가 있다고."

그것은 '뚜우' 하며 안개를 뚫고 들려오는 무적 소리였다. 배가 가까이, 그것도 아주 가까이 있는 것이 분명했다. 구조의 손길이 잡힐 듯 가까이 와 있는 것 같았다.

"갑판에 사람들이 있다면, 틀림없이 우리 소리를 들을 수 있을 거예요."라는 찰스의 말에 튀니스호의 승객들은 젖 먹던 힘까지 다 짜내어 큰 소리로 외쳤다.

그러나 자신들을 구해 줄 거라고 믿었던 그 배에서 그들이 얻은 것은 단 하나, 철퇴처럼 강한 힘으로 연약한 고기잡이배를 내리친 거대한 물살이었다.

두터운 안개 벽이 옅은 면사포같이 얇아지기까지는 그러고도 족히 몇 시간이 더 걸렸다. 옅어진 안개는 갑판 위를 빠져나가, 가벼운 바람에 실려 바다 표면에서 맴을 돌았다. 차츰차츰 시야가 틔었다.

잠시 뒤 시아드는 지금이 새로운 날이 밝아 오는 새벽인지, 아니면 다시 새로 밤이 깃드는 저녁 어스름인지 곰곰이 되짚어 보았다. 물결은 느릿느릿 활기 없이 일렁거렸고, 배는 몇 시간이고 코르크처럼 물결 위에서 오르락내리락 움직일 뿐이었다. 조이는 비몽사몽간을 헤매며 열에 들뜬 채 몸을 떨었다. 그녀는 끊임없이 "에 이예안 위기외. 에 이예안 위기외é iyean ügüö. é iyean ügüö." 라는 말만 더듬더듬 말하였다.

"뭐라고 그러는 거예요?"

샤라가 스테니에게 몸을 돌리고 물어보았다.

"자기가 곧 죽을 거라고 생각한데."

시아드는 하룻밤 사이 확 변한 사람들의 모습에 깜짝 놀랐다. 퀭하니 들어간 두 눈, 움푹 패인 볼, 건조해진 피부에, 부어오른 입술은 핏기가 하나도 없었다. 보트에서 나는 악취는 이제 도저히 참을 수 없는 상태가 되었다. 배의 후미까지 갈 힘이 없어 더러 배의 가장자리에다 용변을 보았기 때문이었다. 아래층으로 향하는 계단 옆의 화장실은 배에 오른지 이틀 만에 더 이상 사용할 수 없는 상태가 되었다.

오후가 되자 하늘이 회색과 황색을 한데 섞은 듯한 묘한 색으로 변했다. 계속해서 색의 향연이 펼쳐졌다. 시아드는 왠지 그것이 새로운 불행의 전조처럼 보였다. 정적을 뚫고 오스만의 갈라진 목소리가 들려왔다.

"누가 내 담배 훔쳐 갔어? 내 담배 어디 있어?"

잠들어 있는 사람들 사이를 이리저리 타 넘으며 움푹 파인 두 눈에 창백한 모습을 한 남자가 몸을 질질 끌고 갑판 위를 기어다녔다.

"가져가긴 누가 가져갔다고 그래. 자네가 갖고 있던 것 다 피웠잖아."

그의 친구가 소리쳤다.

오스만은 덜컹거리는 마차에 앉아 있는 사람처럼 상체를 흔들며 배 한가운데에 앉아 있었다. 그는 쉼 없이 말도 안 되는 헛소리를 지껄였다.

"그렇다면 내가 가서 가져오지."

"입 닥치고 잠이나 계속 자!"

그의 친구가 대답했다.

오스만은 배 가장자리까지 갔다. 누군가 그를 힘껏 붙잡았다.

"이거 놔, 금방 돌아올게. 여기 모퉁이만 돌면 가게가 있어."

오스만이 자기를 붙잡는 손을 뿌리치고, 배 가장자리에서 벌떡 일어섰다. 시아드는 옆에서 풍덩 하며 물속으로 떨어지는 소리를 듣고 놀라서 일어났다. 파도가 오스만의 머리를 덮쳤다. 물 위로 그의 모습이 다시 보일 때까지는 꽤 시간이 흘렀다. 헉헉거리며 그가 물 위로 솟아올랐다.

"돌아와, 오스만!"

그의 친구가 소리쳤다. 한순간 차가운 물이 오스만의 의식을 되돌린 듯 보였다. 절규하는 그의 목소리가 수면 위로 울려 퍼졌다. 몸을 돌린 그가 물살을 헤치며 말했다.

"곧 갈게!"

그의 친구 두 명이 난간으로 기어가 그를 바라보았다. 그는 온 힘을 다해 버둥거리며 입안으로 넘쳐 들어오는 물을 푸푸 내뿜으며 숨을 들이쉬려고 했지만 소용없는 일이었다. 얼마 뒤 그는 보트에서 멀찍이 떠내려가고 말았다. 멀리 떨어져서도 그는 계속해서 뭔가 소리쳐 말하려는 것 같았다. 그러나 그럴 때마다 그의 입에선 소리가 아닌 입안으로 들어갔던 물만 쏟아져 나올 뿐이었다. 그리고 마침내 그는 물 위를 떠다니던 옅은 회색빛 수증기 속으로 사라져 버렸다.

다음 날 아침, 멈칫멈칫 바람이 남서쪽에서 불어왔다. 드디어 튀니스호도 다시 항해를 시작했다. 보트 가장자리에 새겨 놓은 눈금을 살펴보던 시아드의 시선이 갑자기 한 곳에 고정되었다.

그는 두 눈을 비볐다. 처음에 그는 환상을 보는 거라고 생각했다.

뱃머리에 갈매기 한 마리가 내려와 앉아 있었던 것이다!

사람을 저어하는 기색이라곤 전혀 없이 갈매기는 큰 소리로 끼룩거리며 배의 난간 위를 이리저리 돌아다녔다. 용기가 꺾일 대로 꺾인 모두에게 마치 "끝까지 버티세요! 포기하면 안 돼요!"라고 용기를 불어넣어 주려는 것만 같았다. 그러면서 갈매기는 동그란 갈색 눈으로 모두를 뚫어져라 바라보았고, 연신 머리를 조아리면서 한 걸음 한 걸음 가까이 다가왔다.

갈매기라……, 갈매기는 땅과 나무를 뜻하지 않던가?

"늙은 갈매기예요. 짙은 색으로 변한 깃털을 보면 알 수 있죠." 찰스가 속삭이는 목소리로 말했다. "이런 녀석들은 해안에서 20마일 이상 떨어져 나오지 못해요. 더 멀리 가기엔 몸이 너무 커서 무거워졌기 때문이지요."

등 깃털이 회색인 그 갈매기는 힘이 빠진 기색이라곤 전혀 보이지 않았다. 잠시 뒤 갈매기가 있어야 할지 날아가야 할지 잘 모르겠다는 듯 상체를 앞뒤로 까딱거렸다. 마침내 훨훨 날아오른 녀석은 몇 바퀴 원을 그리더니, 창공으로 높이높이 올라갔다. 모두들 갈매기가 멀리 사라질 때까지 갈매기에게서 눈길을 떼지 않았다.

조이의 몸에서 점점 기력이 빠져나가는 것 같았다. 두 눈은 열기로 이글거렸고, 신음 소리를 내며 얕은 숨을 바투 쉬고 있었다. 시아드는 그녀의 이마를 짚어 보았다. 이마가 축축하고 또 차가웠다. 오한 때문에 반복적으로 격렬한 발작 증세도 보였다.

하미드는 열심히 지평선을 살폈다. 처음엔 달랑 점 한 개가 보이더니, 곧이어 더러운 회색빛 얼룩이 눈에 들어왔다. 거기 먼 곳에서 바람이 두 줄기 짙은 연기 띠를 하늘로 밀어 올리고 있었다. 저기에 육지가 있는 건가, 아니면 눈이 너무 피로해진 나머지 헛것이 보이는 건가?

"육지다, 육지야!"

보트에 있던 사람들은 간신히 몸들을 일으켰다. 잘 보이지 않던 그 점은 점점 커져 오후로 접어들면서 거대한 건축물의 모습을 드러냈다. 멀리 바다 위에 뭔가가 우뚝 솟아올라 있었다. 섬인가? 두 개의 탑이 물속에 발을 담그고 수평선 위로 솟아 올라와 있었다. 튀니스호는 천천히 그러나 쉬지 않고 그것을 향해 움직여 갔다.

시아드는 머리가 깨어질 듯이 아팠다. 피곤하여 움푹 들어간 두 눈이 불꽃처럼 빛났다. 믿을 수 없었다. 운반 담당 조직원이 이야기하던 오일 플랫폼이 진짜로 그곳에 있었다.

"해상 굴착 기지가 보이면, 아무리 멀어도 10마일 정도만 더 가면 됩니다."

원통형의 콘크리트 블록에서 튼튼한 강철 구조물과 거대한 골조 그리고 크레인이 하늘 높이 우뚝 솟아 있었다. 마치 바다에 불시착한 우주선처럼 거기 플랫폼이 있었다. 그 거대한 구조물은 갈매기 떼에게 둘러싸여 있었다. 해상 굴착 기지는 해저 표면에 닻처럼 다리를 내리고 있는 대형 콘크리트 기둥 네 개를 지지대로 사각형을 이루고 있었다. 이 거대 구조물엔 바람이 들지 않는 곳이 있었다. 그곳에서 난민들은 굵은 강철 밧줄 뒤편으로 착륙용 활주로 갑판과 그 위에 헬리콥터가 세워져 있는 것을 볼 수 있었다.

"해냈어요. 우리는 이제 이탈리아 반경 12마일 지점에 들어와 있는 겁니다. 곧 해안경비대 사람들이 나타날 거라고요."

찰스가 속삭이며 말했다. 사방에서 갈매기 떼들이 커다랗게 무리지어 다가왔다. 갈매기들이 저공비행을 하며 낮게 내려와 배에 탄 사람들의 머리 바로 위에서 날개를 펄럭였다. 동시에 시아드는 물 위를 둥둥 떠다니는 나무 조각과 미역 줄기들을 보았다. 그러고 난 뒤, 그들은 모두 멀리 수평선을 바라보았다. 짙은 얼룩이 있었다. 의심할 나위가 없었다. 그것은 육지였다.

샤라는 몸을 굽혀 조이에게 말했다. "조이, 벌써 불빛이 보여요. 이제 거의 다 왔어요. 이제 유럽에 있는 거라고요, 유럽이에요. 내 말 들려요?" 샤라는 조이의 머리를 받쳐 들고 계속해서 그녀에게 말을 붙였다. "숨을 쉬어요, 숨을!"

그녀의 두 눈에 희미하게 의식이 돌아왔다. 꺼져 가는 장작이 마지막 불씨를 태우는 것 같았다. 그녀가 속삭였다.

"유럽이라고……."

그 말을 한 뒤 그녀는 고개를 옆으로 툭 떨어뜨렸다, 입가에 만족스러운 미소를 띤 채. 그녀는 시아드의 팔에 안겨 죽음을 맞이했다. 스테니는 격렬하게 흐느끼며 그녀의 두 눈을 감겨 주었다.

몇 시간쯤 흐르자, '드라고'라는 회색 페인트칠을 한 이탈리아 해안경비대 소속의 쾌속정 한 대가 다가왔다. 지직거리며 메가폰 소리가 들려왔다. 곧이어 거대한 서치라이트가 번쩍이자, 번쩍이는 불빛 속으로 튀니스호가 모습을 드러냈다. 드라고호의 지휘관은 검은 피부, 어둡게 변한 눈들을 보았다. 비디오카메라 한 대가 이 난민 보트와의 첫 만남을 확실하게 기록으로 남기고 있었다. 중요한 건 저기 아래 맨발에 꼼짝도 하지 않고 다닥다닥 붙어서 누워 있는 것이 분명 사람이라는 것이었다. 그런데 다들 죽은 건가?

갑자기 무리들 사이에서 움직임이 포착되었다. 경직되었던 몸에서 스르륵 팔이 풀려나오더니 손을 흔들어 보이는 것이었다. 인원수가 많으면, 죽은 사람과 산 사람을 구분하는 것이 구조대들로선 쉽지 않을 때가 종종 있었다. 누군가 난민들에게 밧줄을 던져 주었다. 찰스와 하미드는 그것을 갑판 지지대에 묶었다. 갑판 지지대는 배의 바닥까지 이어져 있어, 대개 배를 잡아 둘 수 있는 가장 튼튼한 포인트이다. 그런데 밧줄을 겨우 한 바퀴밖에 감지 않았는데도 벌써 지지대가 뽑혀져 나왔다. 마침내 두 사람은 든든해 보이는 뱃머리의 한 지점을 찾아 밧줄을 감았다. 해안 경비정에 이끌려 튀니스호는 람페두사의 항구를 향해 갔다.

시아드는 말없이 조이를 팔에 안고 있었다. 샤라는 조이의 이마를 쓰다듬어 주었다. 하미드는 조이가 지녔던 자질구레한 물건들을 분할하였다. 하미드가 조이의 노란 비닐봉지를 열었다. 거울 한 개, 칫솔 한 자루, 구깃구깃 구겨지고 낡은 가족사진 몇 장, 향수들, 비누 한 개, 옷가지 몇 벌이 나왔다. 그런 다음 그는 수첩을 넘겨보았다. 프랑크푸르트와 베를린에 있는 친척들의 전화번호가 적혀 있었다. 마구 휘갈겨 쓴 남자들의 이름이 여러 장 적혀 있었고, 그 이름들 옆에는 금액이 기록되어 있었다. 하미드는 튀니스 시에서 평판이 나쁜 한 구역에 있는 호텔의 주소도 발견했다. 그걸로 그는 이 아름답기 그지없는 여인이 보트 비용을 벌기 위해 자신의 몸을 팔았다는 걸 알 수 있었다. 그는 조이의 비밀을 묻어 두기 위해 그녀의 메모 수첩을 재빨리 바닷속에 던져 버렸다.

샤라는 거울을 받았다. 이 거울은 정말 잘 간직하고 싶었다. 거울을 볼 때마다 조이 생각이 나겠지…….

"그 수첩이 있어야, 친척들에게 소식이라도 전해 줄 수 있을 텐데……." 잠시 뒤 시아드가 말했다. "그러고 보니 우리, 조이의 진짜 이름도 몰랐네."

"조이에 관해 아는 게 아무것도 없어요. 유럽에서 행복하게 살고 싶어 했다는 것 외에는……"

스테니가 흐느끼며 말했다.

"수첩은 없는 편이 더 나아." 하미드가 말했다. "수첩이 있으면 이탈리아 사람들이 도주 방조자의 뒤를 찾아낼지도 몰라. 그렇게 되면 우리 모두에게 피해가 돌아오게 돼."

항구의 불빛이 점점 밝아 오자, 하미드는 배의 다른 사람들에게 이제 갖고 있는 칼들을 모두 바다로 던져 버려야 할 시간이라는 걸 상기시켰다. 운반 조직원들이 했던 이 충고는 절대적으로 지켜야 할 사항이었다. 첫 번째 심문을 위한 행동 지침 입문서들 역시 물속으로 던져 버렸다.

시아드는 방파제에 나온 남자들의 모습을 본 순간 경악을 금치 못했다. 그들은 노란 고무장갑에 우주복처럼 아래위가 한데 붙은 밝은 색 소독복을 입고 있었다. 거기에 흰색 마스크까지 쓰고 있어 얼굴이 유령처럼 보였다. 유럽은 방역 부대에 버금갈 법한 소독 부대를 파견함으로써 난민들을 한 무리의 문둥병 환자로서 받아들인 것이다. 선창의 가장 끄트머리엔 구급차가 미리 대기 중이었다. 위생병 두 명이 구급차에서 물이 든 플라스틱 병을 내리고, 들것과 영양제 주머니를 들고 다가오고 있었다. 그 앞에는 해군과 이탈리아 경찰인 카라비니에리의 버스가 세워져 있었다.

람페두사의 누오보항이 술렁거리기 시작했다. 구경하기 좋아하는 사람들이 모여들었다. 관광객들은 디지털카메라를 들고 경찰 차단막을 향해 몰려들었다. 스쿠터를 탄 연인들이 '경찰 외 출입금지 구역'이라고 적힌 노란색 플라스틱 밴드 앞에 오토바이를 세웠다. 그들은 스포츠 웨어와 세련된 풀오버를 입고 있었다.

고무장갑을 낀 남자들이 갑판 위에 있는 사람들을 한 사람씩 도왔다. 난민들은 무릎을 꿇고 신에게 감사를 돌렸다. 땅바닥에 키스를 하는 사람들도 몇 명 있었다. 딱딱한 땅 위에 다시 두 발을 딛는 느낌이 독특했다. 잠시 뒤 그들은 남자와 여자들에게 다섯 명씩 줄지어 콘크리트 바닥에 앉으라고 명령했다. 인원수를 좀 더 편히 셀 수 있도록 하기 위해서였다. 거의 모두가 너무 허약해진 상태라 도움을 받지 않으면 자리에서 일어나기조차 힘들어 했다. 먼 데서 강한 비트의 저음이 들렸다. 해변가 디스코텍의 스테레오 기기에서 울려나오는 것이었다.

얼마 떨어지지 않은 곳에 이탈리아 TV 방송국의 방송 중계차가 와 있었다. 하지만 고작 쉰세 명의 불법 입국자를 태운 보트 한 대로는 RAI(Radio Audizioni Italiane의 약자. 이탈리아 라디오 TV 방송국_옮긴이)방송에 내보낼 방송 거리가 되지 못했다. 새로운 보트피플이 도착할 때마다 머리기사를 장식했던 시대는 이제 지나간 것이었다. 현재 이탈리아의 신문 매체는 이들을 위해 짧막한 기사 공간만 할애할 뿐이었다. 매체에서 관심을 보이는 건 많은 사상자가 있는 비참한 사례가 발생할 경우에 한했다.

바람이 빠져 축 늘어진 고무보트들, 그리고 붓으로 직접 쓴 아랍어 이름의 튀니지 어선 몇 척이 내항 모퉁이에 늘어져 있었다. 그 옆으로 낡은 나무판자, 배의 몸통에서 떼어 낸 뼈만 앙상한 늑재(선박의 둥그스름한 배 부분을 지탱하는 갈비뼈 모양의 목재_옮긴이), 그리고 아직도 배의 색깔이 남아 있는 썩은 판자 조각 등등, 난민들이 최근에 타고 온 작은 배의 잔해들이 무더기로 쌓여 있었다. 해마다 세계 방방곡곡에서 수천 명의 사람들이 상륙하는 유럽 해안가에서 보는 민족대이동의 흔적이었다.

샤라는 잠시 지난 8일간 집 노릇을 해 주었던 구멍 뚫린 보트를 바라보았다. 조각배 안에는 찢어진 티셔츠, 물에 흠뻑 젖은 풀오버, 양말 몇 켤레, 신발 한 짝이 남아 있었다. 삶의 잔재들이었다. 잠시 뒤 샤라는 조이의 시체가 하얀색 자루에 넣어져 포장용 끈으로 둘둘 묶이는 걸 보았다. 단 몇 초 동안이었지만 샤라의 눈엔 조이가 다시 살아난 것처럼 보였다. 샤라는 그림처럼 아름다운 여인이 갑판 위에서 북장단에 맞추어 거리낌 없이 춤을 추던 장면이 기억났다. 시아드는 서둘러 샤라를 데리고 그곳을 떠났다.

'조이, 당신을 잊지 못할 거예요!'

구경꾼들이 흩어졌다. 난민 수용소까지는 불과 몇 분 거리밖에 되지 않았다. 그러나 차창 밖으로 섬의 번잡스러운 밤 풍경을 내다보는 것은 허용되지 않았다. 차창은 샤라가 앰뷸런스 차에서 자주 보았던 것과 같은 보호막이 붙어 있었다.

　잠시 뒤, 수용소의 문이 닫혔다. 철조망으로 더욱 안전을 기한 철문이었다.

7

    시아드는 잠에서 깨어났다. 구름을 뚫고 포효하며 비행기가 에어로 포르토 드 람페두사 비행장에 착륙하는 소리 때문이었다. 컨테이너의 온 벽이 다 진동했다. 수용소는 섬의 공항 지대 가장자리에 있었다.

  시아드는 튕겨 나오듯 이층침대에서 내려왔다. 밖으로 나가 자신이 정말로 유럽에 있는지 확인해 보고 싶었던 것이다. 햇빛이 화사한 아침이었다. 시아드는 비틀거리며 수용소 안에 있는 거리를 걸었다. 가건물 끝에 한 남자가 서 있는 것이 보였다. 그는 컨테이너 벽에 기대어 바다를 바라보고 있었다. 하미드였다. 둘은 말없이 서로를 향해 걸어와 얼싸안았다.

  "우리는 해냈네." 하미드가 말했다. "이제 악몽은 끝이야. 여긴 유럽이라고."

  "유럽이야, 유럽!" 시아드는 환호성을 지르며 들뜬 마음에 연신 발을 굴러 대며 말했다. "이건 유럽 땅이고, 아프리카 땅은 저기 저 너머에 있고."

마침내 그토록 찬양해 마지않던 땅에 도착한 것이다. 그들은 눈물을 흘리며 흐느꼈다. 그리고 하늘을 향해 기도를 올렸다.

"신의 도움이 없었다면, 우린 모두 물에 빠져 죽었을 걸세." 하미드가 속삭이듯 말을 이었다. "이제 나는 정말로 신이 존재한다는 걸 알게 되었네. 그가 우리를 구해 내신 걸세. 우리는 앞으로……."

하미드가 하던 말을 멈추었다. 두 남자는 당황해서 주위를 살폈다. 무엇인가 그들의 숨을 턱 막으며 더 이상 대화를 잇기 힘들게 했던 것이다. 그들은 이 갑작스런 악취가 어디서 오는 건지 알아내려고 컨테이너 건물들 사이를 위아래로 왔다 갔다 했다. 이른 아침이면 많은 난민들이 오가는 길목에 있는 세 번째 가건물 뒤편에서 갑자기 속이 뒤집힐 것 같은 역한 오줌 냄새가 풍겨 왔다. 곧이어 숙소로 쓰이는 컨테이너와 위생 시설, 그리고 식당으로 쓰는 가건물 사이로 난 작은 도랑이 두 사람의 시야에 들어왔다. 노천에 그대로 드러나 있는 하수구였다!

그 앞쪽 울타리 옆으로는 쓰레기 자루들이 산더미처럼 쌓여 있었다. 바람이 불자 이리저리 날아오른 종이와 더러운 비닐봉지가 먼지와 함께 그들의 얼굴로 날아왔다.

하미드가 말했다.

"어차피 여기선 며칠만 보내면 될 텐데, 뭐……. 여기는 난민 수용소지 휴양지의 별장이 아니니까."

그는 담배꽁초 하나를 발견하여 그것을 귀에다 꽂았다. 두 친구는 수용소 정문에 가까이 다가가 보았다. 카리비니에리 경찰 두 명이 곤봉을 차고 서 있었다. 정문 앞으로 하얀색 지붕의 검은색 경찰 차량이 여러 대 서 있는 것이 보였다. 그 순간 두 사람은 자신이 중범죄자가 되어 겹겹이 안전장치가 되어 있는 감옥에 도착한 것 같은 느낌이 들었다.

철문의 높이는 대략 5미터 정도였다. 울타리란 울타리는 모두 철조망으로 둘둘 감겨져 있었으며 카메라 장치도 설치되어 있었다. 불현듯 두 사람은 그들이 수감자라는 걸 깨닫게 되었다.

"죄수복만 입히면 완벽하겠군."

씁쓸한 표정으로 하미드가 말했다.

며칠이 지나지 않아 그들은 자신들이 불법 입국자요, 범죄자이며 반국가적 인물이라는 것을 뼈저리게 인식해야 했다.

밤이 되어도 난민들은 계속해서 이름과 국적, 생년월일, 출생지에 대한 진술을 해야 했다. 그러고 난 뒤엔 유럽 전역에 보낼 데이터뱅크를 위해 지문 날인도 해야 했다. 시아드는 838이라는 번호가 적힌 입국 쪽지를 받았다. 음식물을 먹지 못할 정도로 허약해진 사람들이 많았고, 음식물을 먹여 주면, 토해 버리기 일쑤였다. 가나에서 온 한 남자는 이곳 어디에 기차역이 있느냐고 물었다. 기차를 타고 뮌헨으로 계속 여행하려고 한다며 말이다.

비행기 한 대가 활주로 위를 미끄러져 가고 있었다. 굉음과 함께 대기 중으로 비행기가 날아오르자, 하미드의 얼굴에 불안의 그늘이 스쳐갔다. 그는 갑자기 심하게 몸을 떨며 친구를 꽉 붙잡았다.

"저자들이 우리를 다시 아프리카로 돌려보내는 일은 없어야 해."

그는 흐느껴 울었다.

"우리는 사하라사막을 가로질러 도망쳐 온 사람들이야. 그리고 고물이 다 된 작은 배를 타고 8일을 버텼어. 저들이 우리를 튀니지로 데려가는 순간, 우리한테 그건 사형선고인걸."

이민자들 사이에는 다음과 같은 소문이 떠돌았다. 이탈리아-튀니지간의 강제 추방 수용소에 있는 많은 난민들이 알제리 남부 국경으로 보내어지는데, 그곳에서 난민들은 글자 그대로 사막으로 추방된다는 것이었다. 알제리 국경의 사하라사막에선 계속해서 산더미처럼 쌓인 시체가 발견되고 있으며, 그 불행한 사람들이 이탈리아에서 추방된 이후에 죽은 것인지, 이미 북아프리카로 길을 떠나던 중에 죽은 것인지, 아니면 지중해로 들어오려고 시도하는 중에 죽은 것인지 확실히 아는 사람은 아무도 없다는 것이다. 이들을 다시 본국으로 송환시킨 이탈리아 사람들에게 이것은 전혀 중요하지 않았다. 그들에게 중요한 것은 그 죽음이 유럽 사회와 멀리 떨어진 장소에서 소리 소문 없이 이루어진다는 것, 그것만이 중요할 뿐이었다.

친구를 진정시키기 위해 시아드가 말했다.

"우리는 돌려보내지 않을 걸세. 우리는 전쟁을 피해서 도망쳐왔잖아. 그렇게 하는 건 인도주의에 위배되는 거지. 그런 일은 단순하게 처리할 수 있는 일이 아니야."

빈 비닐봉지 몇 개가 바람에 이리저리 나뒹굴었다. 하미드는 비행기가 푸른 창공 속으로 사라질 때까지 계속 비행기를 응시하였다.

샤라는 울타리 너머를 보고 싶었다. 그러나 이중으로 된 철망 사이엔 진초록의 천막 천이 둘러쳐져 있었다. 누구도 수용소 외부가 어떻게 생겼는지 내다보면 안 되었다. 수용소 내부 역시 아무도 들여다보아선 안 되었다. 1년 내내 휴양지를 분주하게 오가는 수많은 관광객들은 더더욱 그랬다.

외부인은 철조망 울타리 근처로 다가와서도 안 되었다. 봉피글리오 가도가 끝나는 곳은 '군사지역. 접근 금지'를 의미했다. 몸을 조금 숙이면, 지표면과 천막 천 가장자리 사이로 섬의 모습을 조금씩 볼 수 있었다.

'야, 자유라는 건 저렇게 생긴 거구나.'

샤라는 생각했다.

작은 집들이 마치 가지각색의 물감을 짜 놓은 것 같았으며, 주로 장밋빛과 노란색 색조를 띠고 있었다. 지붕 위엔 커다란 안테나와 위성접시들이 장착되어 있었다. 긴 빨랫줄에 널어놓은 빨래들이 바람에 나부꼈다.

샤라는 잘 가꾸어진 정원들을 보았다. 쏴쏴 하는 파도 소리가 들렸고, 간간이 수영하는 사람들의 웃음소리가 바람을 타고 샤라가 있는 곳까지 들려왔다. 새들이 지저귀는 소리, 아이들이 노는 소리, 어디선가 닭 한 마리가 꼬끼오 하며 우는 소리도 들렸다. 개 짖는 소리가 들리자 샤라는 곧바로 토비 생각이 떠올라 가슴이 저려왔다. 이따금 도시에서 오는 스쿠터 소리를 들으며 샤라는 젊은 청년이 여자 친구를 뒤에 태우고 거리를 누비고 다니는 모습을 상상했다.

서늘한 미풍에 실려 오는 바다 냄새를 맡으며, 샤라는 다시금 새로운 확신이 서는 느낌을 받았다.

'나는 해낼 수 있어. 또 반드시 해내야만 하고.' 샤라는 생각했다. '곧 나도 저기 밖에 있는 사람들 중 한 사람이 되어 저 밖에 서 있게 될 거야.'

굉음을 내며 전세기 한 대가 수용소 옆에 있는 착륙용 활주로를 돌고 있었다. 하루에도 수차례씩 휴가행 비행기는 유럽 전역에서 온 태양에 굶주린 여행객들을 쏟아 내고 있었다.

샤라는 밤을 보냈다는 사실이 기뻤다. 다른 침대들 사이에 억지로 끼워 넣은 좁은 이층침대 속에 누워 있자니, 샤라는 아직도 여전히 튀니스호의 갑판 위에 있는 것 같은 생각이 들었다. 컨테이너에 있는 다른 여성들의 상태도 샤라보다 나을 것이 없었다. 그들 역시 계속해서 흠칫흠칫 놀라 깨어나곤 했다. 꿈을 꾸면서도 그들은 보트와 물 그리고 죽음에 관해 더듬더듬 잠꼬대를 했다. 샤라는 온 힘을 다해 아름다운 장면들을 놓치지 않으려 했다. 따뜻하고 안정감을 주던 집을 생각하려고 했다. 그러나 집 생각을 하다 보면, 갑자기 엄마가 너무나도 그립고 보고 싶어졌다. 샤라의 두 눈에선 눈물이 마구 쏟아졌다.

튀니스호의 사람들은 아침 식사를 마친 뒤에 기도와 가스펠송을 부르며 신에게 감사를 드렸다. 지금 샤라는 스테니를 기다리고 있다. 둘은 수용소 정문 근처에서 만나기로 약속했다. 시아드는 방금 전까지 휴대폰을 갖고 있는 사람을 찾느라 여념이 없었다. 부모님께 운 좋게 잘 도주하여 유럽에 도착하였다는 소식을 전하고 싶었던 것이다. 그는 이 전화 통화를 위해 남은 달러를 다 썼지만 그만한 값어치가 있는 일이라고 생각했다.

마침내 스테니가 모습을 보이자, 샤라는 그에게 자기가 계획한 것들을 열심히 설명했다. 스테니는 자신 없는 반응을 보이며 이렇게 말했다.

"해 보긴 해 보겠는데, 잘될 거라는 보장은 못하겠어."

그들은 수용소 부소장의 사무실로 갔다. 스테니는 적십자사에서 지원한 바지를 한 벌 얻어 입었는데, 통이 너무 커서 넓적다리 있는 쪽이 펄럭거렸고, 걸을 때마다 바짓단이 자꾸 발뒤꿈치까지 흘러내려 바닥에 질질 끌렸다. 콩테 부소장은 사무실 앞에 앉아 햇살을 쬐며 신문을 뒤적이고 있었다. 그는 분홍색과 검은색 줄무늬의 운동복을 입고 있었다. '시아모 글리 에로이 델라 세리아 아Sinamo gli eroi della seria A', '우리가 A시리즈의 우승자'라는 글씨가 찍힌 팔레르모 축구팀의 유니폼이었다. 람페두사에 처음 도착한 사람들이 접하게 되는 첫 번째 이탈리아어가 바로 이 말이었다. ·

시실리 사람들은 이탈리아 축구 경기에서 항상 하위를 면치 못했었다. 그러다가 얼마 전, A시리즈에 올라가는 데 성공한 것이었다. 이제 그들도 자기네 구장인 팔레르모 경기장에서 인터 밀란이나 AS 로마와 같은 이탈리아 최고 프로 리그와 경기를 치를 수 있게 되었다.

"콩테 부소장님, 부탁이 하나 있습니다."

수용소 부소장은 그들을 힐끗 쳐다보고는 다시 신문으로 눈을 돌렸다. 막 스포츠 기사를 읽고 있던 터라 방해받고 싶지 않았던 것이다.

"매트리스는 없네. 나도 12월이나 되어야 받을 거거든."

그가 퉁명스럽게 말했다.

수용소에 있는 사람 중에 운이 좋은 몇 명만 노란색 스펀지로 된 매트리스를 갖고 있었다. 다른 사람들은 작은 모포로 만족해야 했다.

"그게 아니라요. 우리가 원하는 건요, 공동묘지에 성묘를 좀 다녀올 수 있을까 해서요."

콩테 부소장은 반사막을 입힌 선글라스 테 너머로 스테니와 샤라를 바라보았다. 이것은 이들 난민 두 명이 로마로 가는 일등칸 비행기 표를 요구하는 것이나 거의 다름없는 일이었던 것이었다.

"너희들 미쳤나? 여기선 아무도 나갈 수 없어!"

그는 유창한 아랍어로 쌀쌀맞게 말했다.

"우리가 알고 있는 친구 한 명이 바다를 건너오는 중에 죽었거든요." 스테니가 풀죽은 목소리로 말했다. "물론 카라비니에리 경찰관과 함께 가도 되고요. 게다가 공동묘지는 여기서 엎어지면 코 닿을 데 있잖아요."

스테니는 천진난만하게 씨익 웃어 보이며 누가 보아도 좀 모자라는 젊은이로구나 하는 생각이 들게끔 어눌하게 말을 더듬었다.

"썩 꺼져, 이런 멍청한 녀석!" 콩테 부소장은 버럭 화를 내며 스테니의 정강이를 걷어찼다. "여태까지 이런 정신 나간 일을 물어보겠다고 날 찾아온 경우는 단 한 번도 없었어. 너희들은 여기가 무슨 여름 휴양지인 줄 아나 본데, 여기는 불법 입국자 수용소라고."

스테니와 샤라는 고개를 푹 숙이고 터덜터덜 컨테이너 쪽으로 걸어갔다. 가는 길에 쓰레기 자루에서 풍기는 악취가 코를 찌르자, 두 사람은 왜 콩테 부소장이 수용소 사람들에게 '미스터 레몬'이라는 별명을 얻게 되었는지 이해할 수 있었다. 그는 연신 스프레이를 뿌려 대어, 언제나 진한 레몬 향기를 풀풀 풍기고 다녔다. 감시관들은 저마다 이곳에서 악취와 살아가는 자기만의 전략이 있었다. 콩테 부소장은 자욱한 향기 구름에 뒤덮여 있었다. 그 향기 구름은 마치 보호막처럼 그를 둘러싸 주었다.

"내가 말했잖아. 그건 가망성이 없는 일이라고. 그런데도 내 말을 듣지 않으려고 하더니……."

슬픈 목소리로 스테니가 말했다. 샤라는 자기가 원하는 걸 아빠한테 먼저 이야기하고 싶지 않았다. 그랬기 때문에 스테니에게 부탁해 보려고 했던 거였다.

"고마워요, 스테니. 그걸 다 알면서도 내 부탁을 들어주었잖아요."

감시관 중 한 명이 람페두사의 공동묘지에 관해 들려주었다. 그들은 빈센초 롬바르도라는 늙은 이탈리아인이 보트피플의 묘지를 관리한다는 것도 들었다. 묘지 가운데 바람이 잘 불어오는 한 귀퉁이가 있는데, 그곳은 시야가 탁 트여 있어 바다가 잘 보이는 곳이라고 했다. 거기에 한때 같은 꿈을 꾸었다가 그 꿈을 꺾어야 했던 사람들이 누워 있었다. 그들은 찬미해 마지않았던 땅에 들어왔으나 살아서 들어오지 못한 사람들이었다. 그곳에 묻혀 있는 사람들은 자신의 목표 지점에 거의 다다랐던 사람들이었다. 수천 킬로미터의 여행길에서 단 몇 걸음만을 남겨 두고 액운이 그들을 찾아온 것이다. 그들의 마지막 휴식지에는 비석도 비문도 없었다. 밋밋한 나무 십자가에 이름을 대신한 번호만 씌어 있을 뿐이었다.

아무도 죽은 자의 이름이 무엇인지, 또 그들이 어디에서 왔는지 몰랐다. 그곳에 조이도 묻혀 있는 것이다.

"포베라 젠테Povera gente-불쌍한 사람들⋯⋯." 묘지를 방문한 사람들은 중얼거렸다. "짐승도 아니고, 사람들을⋯⋯. 더 나은 삶에 대한 희망을 갖고 왔던 사람들인데 말이야⋯⋯."

수용소에 들어온 지 사흘이 지나자 튀니스호의 사람들 중 거의 절반가량이 사라졌다. 튀니스호에 탔던 사람들은 날마다 한 배를 타고 온 사람 중 누군가의 빈자리를 발견할 수밖에 없었다. 그들이 아프리카로 되돌려 보내어졌는지, 아니면 이탈리아 내륙으로 보내어졌는지 아무도 아는 사람이 없었다.

어제는 감시원들이 컨테이너마다 샅샅이 훑으며 조사를 했다. 그들은 안토니의 소지품에서 앙골라에서 만든 두통약을 찾아내었다. 사실 안토니는 심문을 받을 때 수단의 내전 지역인 다르푸르에서 왔다고 진술했다. 안토니의 고향인 앙골라는 전쟁은 없었지만, 그렇다고 평화가 유지된 것도 아니었다. 평화는 사라진

지 이미 오래였다. 그는 누군가 그 알약을 선물로 준 것이라고 계속 주장했지만 그들이 그를 믿어 줄 리 만무였다. 코란 몇 쪽과 쓸모도 없는 모로코 지폐 디르함 몇 장 때문에 화를 당했던 하싼처럼 안토니 역시 그날로 사라졌다.

라미네의 고향은 내전과 비슷한 상황이 이어지고 있는 서아프리카의 아이보리코스트(상아해안국이라고 번안되어 불리기도 한다_옮긴이)였다. 그는 수도인 아비장에서 군인들에게 고문을 당했었다. 그러나 심문을 받을 때 라미네는 그가 가혹 행위를 당했던 건물이 어디에 있었는지 대답하지 못했다. 놀랄 일이 아니었다. 겨우 열여덟 살밖에 안 된 그는 그 일을 당하기 전까지 아비장엔 단 한 번도 가 본 적이 없었던 것이다.

시아드와 스테니, 하미드는 숙소에 누워서 수용소 지도부에서 받게 될 질문에 대비하며 차례가 돌아오기를 학수고대하였다. 수용소에서 며칠을 보내고 난 뒤 이들은 똑똑히 깨닫게 되었다. 자신들은 유럽에서 환영받는 존재가 아니라는 것을. 그들은 벌써 몇 번이나 망명 신청서를 제출하게 해 달라고 부탁했다. 하지만 수용소 부소장인 콩테는 계속해서 냉정하게 거절로 일관했다.

수용소에 들어온 지 사흘 뒤, 그들은 람페두사, 이 제3세계 출신의 가진 것 하나 없는 사람들을 위한 유럽으로 가는 첫 출입문인 람페두사의 상태에 순응하는 법을 배웠다. 람페두사 수용소 내부엔 화장실이 다섯 개, 샤워 시설 역시 다섯 개, 그리고 세면 대가 여덟 개 설치되어 있었다. 난민 약 800명을 위한 시설이었다. 수도꼭지를 틀면 짠물이 나왔고, 변기는 넘치지 않으면 물이 내려가지 않았다. 전기도 들어오지 않았고, 화장지도 없었다.

"며칠 안에 저 사람들은 우리를 육지로 데려갈 수밖에 없을 겁니다. 수용소가 미어터지게 생겼잖아요. 그러고 나면 모든 게 좀 더 나아지겠지요."라고 찰스는 말했다.

숙소로 쓰이는 가건물은 길이가 약 20미터정도였고, 이층침대가 발 디딜 틈도 없이 빼곡히 들어차 있었다.

갑자기 들려오는 격렬한 비행기 소음에 남자들의 대화가 중단되었다.

"저건 C-130 헤라클레스 군용수송기지."무싸가 말했다. "소리를 들으면 알 수 있어. 저 비행기에 난민들을 태워 아프리카로 실어 나르지."

네 개의 터보 프로펠러 때문에 헤라클레스기는 소리가 독특하여 오해의 여지가 없었다. 누가 봐도 그 비행기는 여객기로는 전혀 적합하지 않다는 것을 즉시 알 수 있었고, 비교적 짧은 활주로에서도 이륙과 착륙이 가능했다. 람페두사의 작은 공항을 위해 안성맞춤인 비행기였다. 이 비행기는 수용소 수감자들 사이에 '유럽이여, 안녕'이라는 의미의 '아듀Adieu'라는 별명을 얻은 비행기였다. 수단 출신의 무싸는 이곳에 온 지 벌써 2주일이 넘었다. 그는 다음과 같은 사실도 알고 있었다.

"이 비행기는 아마 팔레르모에서 오는 것 같아. 여기는 중간 기착지에 불과해. 화물칸에는 거의 200명가량의 아프리카인들이 실려 있지. 두 손이 묶인 채로 말이야."

아프리카로 되돌려 보내질지도 모른다는 두려움은 언제나 난민들을 따라다니며, 그들에게서 안정감을 앗아 갔다. 누군가 리비아의 수도인 트리폴리에 관해 언급하자, 수용소에 있는 사람들은 모두들 놀라서 몸을 움츠렸다. 모두들 리비아가 이탈리아에서 추방된 난민들을 수단이나 에리트레아로 계속 실어 나른다는 것을 알고 있었다. 날마다 아프리카 이민자를 잔뜩 실은 화물 트럭들이 리비아와 니제르 사이의 사막을 가로지르며 쉬지 않고 남쪽으로 내려갔다. 트럭에는 남자와 여자들이 한데 모여 있었다.

수용소에 있는 난민 중에 이미 트리폴리로 추방된 적이 있던 난민들은 더 심한 이야기를 전해 주었다. 그러니까 세브하와 알가트룬 사이의 연합 수용소에선 리비아 병사들이 난민 대열에서 여자들과 어린 소녀들을 따로 골라내어 폭행한다는 이야기였다. 그런 수모를 당하지 않으려고 남자라고 우기는 여자들도 많다는 것이었다.

그 이야기를 들은 뒤로 시아드는 거의 이성을 찾을 수 없을 정도로 자책감에 시달렸다. 어떻게 하다가 내가 하나밖에 없는 내 아이를 이 지경까지 오게 했을까? 사막을 도주해 올 때도 함께 차를 탔던 사람들이 계속 샤라에게 치근대던 것을 눈치채지 못한 것도 아니었는데. 시아드는 샤라의 옆에서 한 발자국도 떨어지지 않았다. 둘 다 이제 곧 그 짐승 같은 무리에게로 넘겨질 수도 있는 상황이었다.

밤이 되어 또다시 잠이 오질 않자, 시아드는 컨테이너에서 살그머니 나와 촘촘한 철망 사이로 보이는 등대의 불빛을 몇 시간 동안이나 응시하였다. 누오보 항구의 물 위로 스탠드바의 현란한 불빛이 비쳤다. 달빛 밝은 밤공기를 가르고 술집에서 흘러나오는 테크노 뮤직의 붐붐 소리가 들려왔다. 시아드는 차가운 밤바람을 피하기 위해 털모자를 깊숙이 눌러쓰고 투광조명의 강한 불빛 속에 서서 둘둘 말린 철조망 너머로 눈길을 옮겼다.

'나 같은 사람들이 적으로 구분이 되고, 그래서 입국 번호를 받아야 하다니. 한 사람이 살아온 이력 따위는 아랑곳없이⋯⋯.'

그는 씁쓸한 기분으로 생각했다. 잠시 뒤 그는 두 손으로 얼굴을 감싸 쥐고 울음을 터뜨렸다.

스테니는 못 말리는 낙관주의자였다. 그는 모든 사람들에게 다시 한 번 용기를 주려고 했다. 모두들 그토록 오랫동안 꿈꾸었던 행운의 뾰족 모자를 이미 손에 쥔 것이나 다름없지 않냐며 미소 띤 얼굴로 말했다.

"우리는 해냈잖아요. 지금 우리가 있는 곳은 유럽이에요. 그걸 잊지 마세요. 우리의 운명에 감사해야 한다고요. 지금은 다시 기다리고, 기도하고 희망을 접지 말아야 하는 때입니다."

하미드가 손을 들어 바깥을 가리키며 격하게 말했다.

"주변을 돌아보게. 똥오줌에 쓰레기 천지이지. 이것들 때문에 우리가 이리로 온 거란 말인가."

"팔레르모나 나폴리, 아니면 밀라노 같은 곳에서 일자리를 갖게 되면, 그 즉시 이런 건 더 이상 생각하지 않게 될 거예요."라고 대꾸하면서 스테니는 확신에 찬 표정으로 자신의 '고문 상처'에 눈길을 주었다. 그에게 람페두사는 요컨대 천국으로 가는 대기실이요, 유럽으로 향하는 회전문과 같은 것이었다.

"극장에 있다고 생각해 봐요." 스테니는 듣고 있는 사람들에게 설명하였다. "우리는 극장 밖에 줄을 서 있어요. 그러니 입장권은 거의 손에 쥔 셈이지요."

시아드는 창밖으로 보이는 철조망 울타리에 시선을 고정시키고는 낮은 목소리로 말했다. "가끔 나는 두려워질 때가 있네. 우리를 빼놓고 영화가 시작될까 봐." 사실 그는 방금 전 그 자신이 딸아이를 위로하며 했던 말, "이곳을 벗어나 이탈리아 어딘가로 숨어들면 모든 게 달라질 거다."라는 말을 그 자신조차 믿지 못할 때가 많았다.

갑자기 찰스가 노래를 부르기 시작했다. 바다를 건너올 때 그들에게 힘과 용기를 주었던 노래, 그들이 살아남을 수 있도록 도움을 주었던 그 노래였다.

"반쿠 죽은 이제 그만. 구걸도 이제 그만. 왔노라, 승리했노라!"

난민들의 찬가 가사였다. 처음엔 머뭇거리던 사람들도 나중엔 모두들 한목소리로 노래했다.

창밖으로 내다보이는 수용소 거리를 바라볼 때마다, 시아드는 조심스럽고, 배짱 없고 소심한 얼굴들이 눈에 들어왔다. 이곳에서 반항적으로 행동하는 사람은 진작부터 유럽행 입장권을 잃었다. 때문에 감시원에 대한 분노의 목소리도 크게 낼 수 없었다. 대신 그들은 수용소에서 보내는 시간 동안 유럽에서 접촉할 수 있는 인맥을 만드는 데 주력하였다. 주소, 전화번호, 어떤 식으로든 성공을 기대하게 하는 것, 다시 말해 그들에게 동화의 나라로 들어갈 수 있는 길을 보여 줄 수 있는 이런저런 정보를 구했다. 또 그들은 허리띠나 신발 속에 약간의 돈도 숨겨 두었는데, 모두 제2의 고향에서 새로운 생활을 시작하기 위한 자금으로 쓰려는 것이었다.

소말리아 사람들은 난민 수가 약 50명 정도로 수용소에서 가장 강한 그룹이었다. 시아드의 고향 사람들 가운데 거의 3분의 1은 이탈리아를 거쳐 캐나다로 건너가려고 했다. 그곳에는 그들이 새로운 삶을 세워 나가는 데 도움을 줄 만한 친구들과 지인들이 있었다.

수용소에 있는 사람들은 소말리아 사람들처럼 정치적인 여러 이유에서 도망쳐 온 사람들보다는 가난이나 앞날이 불투명한 나라 경제 때문에 도주해 온 사람들이 대부분이었다. 거의 모두 부인과 아이들을 고향 땅에 두고 온 사람들이었다.

람페두사에서 바로 추방되지 않는 난민들은 육지에 있는 수용소로 보내어졌다. 그곳에서 그들은 15일 이내에 이 나라를 떠나라는 지시문이 적힌 국외 추방 통지서를 받을 때까지 기다린다. 이 추방 통지서 '도쿠멘토 디 에스풀지오네Documento di espulsione'는 많은 난민들이 선망하는 것이었다. 그도 그럴 것이 출국 장소까지 가는 기차에 탑승하는 즉시 그들은 더 이상 감시를 받지 않았기 때문이었다. 그 덕분에 그들은 몰래 잠적하여, 유럽 어딘가 원래의 목적지로 여행할 수 있는 충분한 시간을 얻었던 것이다. 그리하여 그들은 이탈리아 사람들이 얕잡아 부르는 말인 '클란데스티니clandestini', 즉 '숨어든 자, 몰래 끼어든 자'들이 되었다. 그들은 어디로 갔을까? 그걸 아는 사람은 아무도 없었다. 그리고 그것을 통제하는 사람도, 그것을 걱정하고 신경 쓰는 사람도 아무도 없었다.

하미드는 그의 아내와 두 아들의 이야기를 했다. 그는 가능한 한 빨리 아내와 아이들을 데려오고 싶어 했고, 돈도 보내고 싶어 했다. 유럽에서 일자리를 얻어서 자신은 물론이고 자신의 가족들이 더 이상 배고픔에 시달리지 않기를 열망했다. 그는 두 아이가 이탈리아의 학교에서 읽고 쓰기를 배우게 되기를 꿈꾸었다.

하미드는 거의 모든 소말리아 사람들처럼 까막눈이였다. 수용소에 도착했을 때, 연필을 밥숟가락 들 듯이 잡았을 정도였다. 일상생활에서는 그림 표시를 보고 어떻게 할지를 결정할 수 있었다.

"우리 아이들이 여기서 학교에 다닐 수 있다면, 나는 행복할걸세."

그가 시아드에게 말했다.

하미드의 고향 사람 중 몇 명은 하미드가 정말로 가족들을 데리고 올 수 있을지 미덥지 않은 모습이었다. 유럽이라는 요새는 남쪽에서 올라오는 달갑지 않은 불청객들에 대비하여 점점 더 훌륭하게 격벽을 올리고 있었으며, 한 달 한 달 지날 때마다 요새의 벽은 조금씩 더 높아졌다. 수천 명의 이민자들은 긴 항해에 필요한 채비를 하고, 해안에서 출항 대기 중이었다. 희망을 잃어버린 대륙 아프리카는 그렇게 짐 보따리 위에 앉아 있었다. 반란을 위해서.

8

　　　사무실은 어딘가 사람을 주눅 들게 하
는 분위기를 내뿜고 있었다. 보잘것없는 책상 하나에, 녹색 페인
트칠을 한 얇은 철제 캐비닛 한 개가 한쪽 구석에 세워져 있었
다. 실내 공기는 질식할 것처럼 탁했고, 따따따 잡음을 내며 돌
아가는 선풍기도 더위 앞에선 무용지물이나 마찬가지였다. 프란
체스코 에스포지토 수용소 소장은 낡은 가죽 소파에 자리를 잡
고 앉아 있었다.

　그 옆자리에는 수용소 캠프 내 아랍어 통역관과 기록관이 앉아
있었다. 한쪽 모퉁이에는 경찰관 한 명이 반쯤 졸린 모습으로 혼
자 앉아 있었다.

　시아드는 처음엔 긴장하여 신경이 예민했었지만 곧 평정을 되
찾았다. 그는 장차 펼쳐지게 될 자신의 운명과 딸의 운명이 이
10분 안에 결정될 거라는 걸 잘 알고 있었다. 조사를 받으러 오
기 직전 그는 마지막으로 컨테이너 바닥에 엎드려 알라신께 기

도를 드렸다.

시아드는 모가디슈의 디그퍼 종합병원과 자신의 목숨을 거의 앗아 갈 뻔했던 폭격에 관해 언급했다. 그러고는 셔츠 소매를 끝까지 걷어 올리고 넓게 난 상처 자국을 보여 주었다. 수류탄 파편이 날아와 병실 벽 깊숙이 구멍이 뻥뻥 뚫렸었다. 그때 파편 한 개가 그의 어깨를 관통하여 지나갔던 것이다. 수용소 소장은 특별한 인상을 받은 것 같지 않았다. 그는 얼굴 표정 하나 변하지 않았다. 그의 목소리에는 얼음처럼 차가운 냉담함이 서려 있었다.

"사건이 벌어졌던 병원의 정확한 주소가 어떻게 되나?"

시아드는 침착함을 잃지 않고, 거리 이름은 물론이고 일하던 직장이 속해 있던 구(區)의 이름까지 말했다. 게다가 디그퍼 종합병원이 공항, 방송국과 함께 수도의 남부에 위치하고 있다는 것도 덧붙여 말했다. 에스포지토 소장은 진술 내용을 전하는 통역관의 말에 고개를 끄덕였다.

"확인해 보도록 하겠네!"

수용소장은 새치가 희끗희끗한 짧은 머리에 기골이 장대한 대장부형의 체형을 지닌 남자로, 푸른 눈에 숱이 많은 아치형 눈썹을 하고 있었다. 시아드는 그의 낮고 엄격한 목소리를 듣자, 그의 외모만큼이나 그의 음색도 마음에 들지 않았다. 책상 위에 있는 서류철에는 시아드의 신상 관련 서류들이 꽂혀 있었다. 20년 전 모가디슈에서 작성된 것이었다. 그러나 에스포지토 소장은 그 서류는 안중에도 두지 않았다. 소말리아 사람들은 아예 처음부터 위조문서를 갖고 떠나온다는 의심을 받고 있었던 것이다.

시아드는 "제네바협정의 규정에 따라, 저는 정치적 망명을 요청합니다."라고 밝히며, 목소리에 단호함을 담으려고 노력했다.

에스포지토 소장은 입을 비죽거리며 음흉한 미소를 지었다. 조롱 섞인 표정으로, 놀랐다는 듯, 짙은 눈썹꼬리를 치켜세웠다. 그러고는 벽을 가리켰다. 벽에는 커다란 아프리카 지도가 걸려 있었다.

"이 대륙에서 현재 내전 중이거나, 무장 대치 중인 국가가 몇 곳이나 되는지 아는가?"

시아드는 잠자코 있었다. 소장은 입술 위쪽의 얇은 수염을 쓱 짧게 한 번 훑었다. 시아드는 그의 얼굴에서 불손하고 경멸에 찬 표정을 읽을 수 있었다.

"일곱 국가가 그 모양이지. 이 일곱 국가에 사는 국민수를 모두 합치면 1억 5천만 명이야. 그런데 이들을 우리 유럽에서 전부 받아들여야 한단 말인가? 제네바협정 때문에?"

'참자, 저 말 때문에 흥분해서 덤벼들면 안 돼.'라는 생각이 시아드의 머릿속을 쏜살같이 지나갔다. 국가 공무원으로서의 위신을 잃지 않으려고 한껏 무게를 잡는 이 사람, 그런 지위를 입증이라도 하듯 1분이 멀다 하고 깜빡거리며 울려 대는 최신형 휴대폰을 소유한 이 사람, 이 시건방진 공무원의 손에 자신의 운명이 달려 있다는 사실을 그는 인정하고 싶지 않았다.

시아드는 자신은 어쨌든 이탈리아 국가에 어떠한 부담도 주고 싶지 않으며, 독일이나 영국, 혹은 네덜란드로 가려고 생각했다며 이론을 제기했다. 그는 이런 자신의 생각을 들으면 수용소장의 태도가 부드럽게 변할 거라고 생각했다. 그러나 통역관에게는 이 말이 중요하게 생각되지 않았는지, 그는 이 말을 성의껏 통역하려는 모습을 전혀 보이지 않았다.

소장은 자기는 지엽적인 문제까지 일일이 신경 써 줄 정도로 여유로운 사람이 아니라고 말했다. 그 말을 하면서 그는 시아드를 바라보는 게 아니라, 무슨 서류인지 서류를 뒤적이며 이따금 메모를 하였다.

"자네는 크로토네로 보내질 걸세. 거기서 정치적 망명을 요청할 수 있네. 수용소에서 망명 담당 위원회와의 면담을 기다려야 하네."

"그럼 그게 얼마나 걸릴까요? 그리고 제 아이는 어떻게 되는 거죠?"

에스포지토 소장은 난민의 질문에 일일이 대답하는 건 지나친 일이라고 생각했다.

"18개월까지 기다려야 하는 경우도 있지. 그곳에 아이들을 수용하는 구호 조직이 몇 군데 있네."

"그럼 최소한도 그 기간 동안만이라도 제가 일할 수 있는 기회는 없습니까?"

수용소장은 황당해하는 표정으로 서류에서 눈을 떼고는 올려다보며 말했다.

"당연히 없지."

"하지만 저는 20년 동안이나 간호사로 일했습니다. 이탈리아어도 조금 할 수 있고요. 당신네 병원들에서 간호사 인력을 필요로 한다고 들었습니다."

에스포지토 소장은 휴대폰으로 온 전화를 받았다. 전화를 받자마자 곧바로 얼굴이 환해졌다. 말투도 친절하고 격식을 갖춘 말투였다. 누가 봐도 그에게 다정하게 구는 어떤 여성과 통화하고 있다는 걸 쉽게 짐작할 수 있었다. 경찰관은 스포츠 신문을 뒤적이고 있었다. 토요일 저녁이면 다시 한 번 이탈리아 축구 경기의 '왕 중 왕'전이 기다리고 있었다. AC 밀란이 A시리즈에서 유벤투스 투린 팀을 상대팀으로 맞아 승부를 가린다. 사람들은 산시로 경기장에서 열리는 이 경기에 온통 정신이 빼앗겨 있었다. 경찰관들은 벌써부터 어떤 팀이 우승할지 내기를 끝내 놓은 상태였다. 갑자기 시아드의 눈에 소장의 책상 위 메모판에 붙어 있는 노란색의 작은 메모지가 들어왔다. '여자 3명, 남자 8명, 어린이 2명'이라고 쓰여 있었고, 십자가 표시와 날짜도 함께 적혀 있었다. 아마도 그날 하루의 사망자 총계인 듯 했다. 해안경비대와의 짧은 통화 이후 재빨리 끄적거려 놓은 것 같았다.

시아드는 속에서 뭔가가 치밀어 오르는 느낌이 들었다. 위장이 거꾸로 서기라도 한 듯 천천히 욕지기가 일었다.

수용소장은 휴대폰을 옆으로 밀쳐놓았다. 시아드는 통역관에게 자신이 한 마지막 말을 어서 통역해 달라며 재촉했다. 시아드에게는 자신이 특정 부분의 자격 조건을 갖추었고, 그런 전문적인 능력을 갖추고 유럽으로 왔다는 것이 중요하게 여겨졌던 것이다.

에스포지토 소장은 혼잣말하듯 중얼거리며 대답을 하였고, 통역관은 웃으면서 다음과 같이 통역하였다.

"소장님께서 알고 싶으시다네. 혹시 자네, 항구에서 누군가 자네가 올 때를 기다리고 있다고 믿고 왔었는지 말일세."

시아드는 솟구쳐 오르는 분노를 도저히 삭일 수가 없었다.

"당신, 정말로 우리 아프리카 사람들이 자기가 살던 정든 땅덩어리를 떠날 필요도 없는데 떠났을 거라고 생각하는 겁니까?"

큰 소리로 그는 그렇게 말했다. 노여움에 떨며 그는 그렇게 말했다. 소장이 언짢은 눈길로 그를 바라보았다. 방 한 모퉁이에 있던 경찰관은 잠이 퍼뜩 달아난 것 같았다.

"그리고 또! 당신이 분명히 알아 둬야 할 것이 있습니다. 소말리아가 한때 이탈리아의 식민지였다는 것 말입니다. 당신은 이탈리아인으로서 우리에게 책임이 있는 겁……."

"자네, 내가 그 말을 통역할 거라고 기대하는 건 아니겠지?"

통역관이 말을 끊었다. 시아드가 대답도 하기 전에 에스포지토 소장이 문 쪽을 가리켰다.

"린테로가치오네 에 테르미타나L'interroganzione è terminata-심문이 끝났네."라고 기록관에게 말하면서 그가 경찰관에게 고개를 끄덕이자, 경찰관은 시아드를 문으로 데리고 갔다.

시아드는 머리를 움켜쥐었다. 갑자기 현기증이 느껴졌다.

'일을 그르치고 말았어.' 제일 먼저 그의 머리를 스쳐 지나간 생각이었다. 모든 것을 엉망으로 만들고 만 거다.

밖에 나오자 샤라와 하미드, 스테니, 그리고 찰스가 그를 맞았다.

"어떻게 되었어요?"

스테니가 물었다. 시아드는 딸아이의 눈에 두려움이 서려 있는 것을 보았다. 딸아이가 근심 가득한 표정으로 아빠의 대답을 기다리며 아빠를 바라보고 있는 것을 보았다.

"나도 모르겠네."라고 대답하며, 시아드는 딸을 꼭 껴안아 주었다.

샤라는 조이의 거울을 들여다볼 때마다 주변에 있는 모두에게서 쉽게 볼 수 있는 모습, 그것을 자신의 얼굴에서도 볼 수 있었다. 그들의 얼굴에는 그들이 고통받고 있다는 걸 고스란히 드러내는 깊은 슬픔이 스며 있었다. 겉으로는 대체로 조용하고 침착하게 보였지만, 샤라는 기억에 쫓기어 괴로울 때가 점점 더 많아졌다. 샤라의 기분을 조금이라도 가볍게 해 줄 수 있는 사람은 스테니밖에 없었다. 재미있는 그의 농담 덕분이었다.

특히 샤라를 힘들게 하는 경험 한 가지가 있었다. 일행이 북아프리카 지역을 지날 때, 샤라는 동갑내기 소녀인 사이다와 친구가 되었다. 사하라를 가로질러 오던 어느 날 밤, 자동차 행렬은 한 마을에서 쉬게 되었다. 샤라는 사이다와 함께 일행들에게서 불과 얼마 떨어지지 않은 곳에 있었다. 그때였다. 갑자기 한 떼의 들개가 샤라와 친구에게로 덤벼들었다. 들개들은 큰 소리로 컹컹거리며 번개처럼 빠르게 어둠 속에서 나타나, 사이다를 바닥에 쓰러뜨렸다. 남자들이 몽둥이로 무장하고 다가왔을 때, 그들의 눈에 들어온 것은 잔혹하게 물어뜯긴 사이다의 시체뿐이었다.

바깥, 저 멀리서 비행기가 이륙할 때마다 서서히 커지는 제트(노즐이라고도 하며 일반적으로 통 모양으로 생기고 끝의 작은 구멍에서 액체나 기체를 내뿜는 장치를 이르는 말_옮긴이) 소리는 사이다가 지르던 날카로운 죽음의 절규를 떠오르게 했다. 그럴 때면 샤라는 가슴이 미어지는 것만 같아 두 손으로 귀를 틀어막았다.

샤라는 그동안 겪었던 것들을 전부 강제로 자꾸 되살리게 만드는 이 상황이 너무도 공포스러웠다. 사하라사막을 가로지르며 달려온 긴 여행길, 튀니스호에서 겪었던 허리케인, 조이의 죽음까지……. 이런 끔찍한 장면들이 눈앞에서 계속 반복될까 봐, 그렇게 되면 어떡하나, 하는 격렬한 공포가 끊임없이 샤라를 괴롭혔다. 언제쯤이면 이것을 잊을 수 있을까? 1년이면 될까? 3년? 아니면 평생 잊지 못할까?

가장 견디기 힘든 것은 밤이었다. 샤라는 할 수 있는 한 오래 잠들지 않고 깨어 있으려고 했다. 잠은 거의 3시간 정도밖에 자지 않았다. 그렇게 해서라도 잠이 들어 긴장이 풀리면 악몽으로 되살아나는 그 장면들에서 벗어나고 싶었다.

10월이 거의 끝나갈 무렵인데도 한낮엔 여전히 찌는 듯한 더위가 기승을 부렸다. 샤라는 수용소 한가운데에 있는 연노란색 컨테이너로 다가갔다. 정오 무렵이 샤워를 하기엔 안성맞춤이었다.

샤라는 불안해하며 뒤따라오는 사람은 없는지 살펴보았다. 샤워장은 그래도 문이 달려 있었다. 어떤 사람이 샤라에게 비누를 빌려주었다. 샤라는 비누를 수건과 함께 창턱에 올려놓았다. 문을 잠그고 막 옷을 벗으려고 하는데, 무슨 소리가 들려왔다. 양철 벽 바로 뒤쪽에서 남자들이 나지막하게 주고받는 말소리였다. 무슨 말을 하는지 알아들을 수가 없었다. 어쩌면 샤라와 아빠가 반드시 알아야 하는 어떤 일일지도 몰랐다.

궁금한 마음에 샤라는 창턱으로 손을 뻗은 다음, 오른쪽 발을 녹슨 수도꼭지 위에 올려놓고 발판으로 삼았다. 샤라는 조심스럽게 작은 창문 밖을 내다보았다. 긴 행렬로 이어진 사람들이 머리만 빼꼼히 보였다. 이글거리는 열기 속에 30여 명의 남자들이 얼굴을 벽 쪽으로 향하고 서 있었다. 남자들은 양손을 뒤로 한 채 비닐 노끈에 묶여 있었다. 이들 포로들은 가건물 벽에 일렬로 붙어 서 있었다. 마지막 가건물의 건물 뒤편은 활주로를 향하고 있었기 때문에 다른 나머지 수용소 수감자들의 눈에 띄지 않는 곳이었다.

감독관은 그늘에 앉아서 핸드폰을 갖고 놀며 지루함을 달래고 있었다. 그의 옆에는 고무 곤봉이 놓여 있었다. 갑자기 샤라는 피가 거꾸로 솟구쳐 오르는 것 같은 느낌이 들었다.

샤라가 있는 곳에서 채 2미터도 떨어지지 않은 곳에 창백한 얼굴의 한 남자가 서 있었다.

"스테니, 세상에, 무슨 일이에요?"

"네가 보고 있다시피 이렇게 됐단다. 이젠 끝이야. 돌아가야 해."

샤라는 온몸이 떨려오기 시작했다. 스테니는 두려움에 얼굴이 일그러졌고, 콧방울이 실룩거렸다.

"어디로 데려간데요?"

"전혀 모르겠어. 아마 리비아로 가겠지."

"하지만 왜요? 소말리아에서 왔다고 하는데도 저 사람들이 받아 주지 않았어요?"

스테니는 침을 삼켰다.

"그 사람들이 묻더라고. 택시 색깔이 뭔지."

"파란색이요, 스테니. 파란색."

스테니는 겨우 서 있는 것 같았다. 머리카락 몇 가닥이 땀으로 번들거리는 그의 얼굴에 붙어 있었다. 서서히 착륙하는 비행기 소음 때문에 사람들의 말소리를 알아들을 수 없었다.

"몽땅 망쳤어. 첫 번째 문제에서 벌써 떨어진 거라고. 정말로 재수가 없었어."

입가가 실룩거리더니 스테니의 두 눈에 눈물이 그득 고였다.

"상처는요, 보여 줬어요?"

"그 사람들, 웃기만 하더군."

샤라는 심장이 멈추는 것 같았다. 쿵쾅거리는 심장소리가 머릿속에서, 귓속에서 마구 울려 댔다. 샤라는 스테니를 바라보았다. 여전히 두 눈을 믿을 수 없었다.

"나 때문에 속상해 하지 마, 샤라. 너는 훌륭한 아이야. 너는 반드시 해낼 거야."

"스테니, 나는, 나는…… 절대 아저씨를 잊지 못할 거예요."

"난 다시 올 거야. 통과될 때까지 계속 시도할 거야."

스테니는 감시관이 있는 쪽으로 잠시 눈길을 돌렸다. 그러고 나선 슬픈 눈길로 샤라를 바라보았다. 눈물이 그의 양 볼을 타고 흘러내렸다.

"이젠 그만 가 봐, 샤라. 나 때문에 감시관들한테 혼나기 전에."

샤라는 스테니가 짤막하게 기도를 읊조리는 걸 조금 더 보다가, 샤워실을 뛰쳐나와 큰 소리로 울면서 수용소를 가로질러 달려갔다.

"스테니를요, 그 사람들이…… 스테니를…… 먼 곳으로 데려간단 말이에요!"

샤라는 흥분하여 말을 제대로 잇지 못하였다.

제일 먼저 샤라와 마주친 건 하미드였다. 한 무리의 소말리아 사람들 속에 있던 그는 믿지 못하겠다는 표정으로 샤라를 바라보았다. 활주로 쪽에서 헤라클레스 수송기의 굉음이 들려왔다. 시아드와 하미드는 활주로를 보려고, 찌그러지고 여기저기 부속품이 떨어져 나가 버려진 고물 철제 침대 더미 위로 기어 올라갔다.

비행기 후미의 문들이 이미 열려 있었다. 이 문들은 수송 물품을 싣기 위해 장착된 것이었다. 경비병들이 컨테이너 벽에 서 있던 포로들을 활주로로 데리고 갔다. 남자 두 명이 경사면 거의 바로 앞에서 쓰러졌다. 그 즉시 옆에 있던 경찰관 두 명이 고무 곤봉으로 그들을 내리쳤다.

저기 스테니가 간다! 그들은 노란색 셔츠를 보고 곧바로 스테니를 알아보았다. 스테니가 한 번 뒤돌아보았으면 하는 마음에 큰 목소리로 외치고 싶었다. 그러나 다 부질없는 짓이었다. 비행기의 소음이 너무 컸기 때문이었다. 비행기 속으로 모습을 감추기 전, 스테니는 다시 한 번 잠깐 동안 돌아섰다. 마치 친구들이 자신을 바라보고 있는 것을 알기라도 하듯이.

매서운 바람이 활주로 상공에 휘몰아쳤다. 비행기가 움직이기 시작했다. 남아 있는 튀니스호의 나머지 승객들은 말없이 비행기가 떠오르는 것을 바라보고 있었다.

"천벌을 받을 놈들, 이놈들은 다 천벌 받을 놈들이야!"

하미드는 화가 나서 큰 소리를 질러 댔다. 그러고는 주먹을 그러쥐고 이리저리 몸을 흔들며 화를 주체하지 못했다.

시아드와 찰스는 철제 뼈대들에서 기어 내려왔다. 그러나 하미드는 한참을 더 비행기를 바라보며 서 있었다. 갑자기 침대 더미 앞에 경찰관 한 명이 서 있었다.

"비에니 쥬. 수비토Vieni giù. Subito!-내려와, 당장."

경찰관이 쌀쌀맞게 명령했다.

하미드는 마치 '지금 바다 풍경을 즐기고 있지 않느냐'는 듯 행동하며, 전혀 반응을 보이지 않았다.

"내려오게, 하미드. 어리석은 짓 하지 말라고!"

시아드가 소리쳤다. 그는 상황이 위험해질 거라는 걸 즉각적으로 알아차렸다.

"뭣 때문에? 나는 저 작자가 무슨 말을 하는지 한 마디도 알아듣지 못하는걸. 그뿐인가, 난 이탈리아 말이라곤 낫 놓고 기역자도 모른다네."

경찰을 향한 엄청난 분노가 그를 사로잡았다. 그는 제복만 걸쳤지 보잘 것 없는 이 인간들에게 더 이상 이래라저래라 명령을 받고 싶지 않았다. 이들은 방금 전에 스테니를 지옥으로 보낸 범죄자들이지 않은가.

"논느 아스페토 퓨Non aspetto più!-더 이상은 못 봐주겠군!"

감시관이 소리를 지르더니, 뒤엉킨 철사 더미로 발걸음을 옮겼다. 그러자 산처럼 쌓인 철사 더미 전체가 출렁거렸다. 하미드는 균형을 잃고 철제 모서리를 향해 머리부터 곤두박질치고 말았다. 화가 나서 씩씩거리며 아래로 내려온 그는 감시관에게 그대로 달려들려고 했다.

"내, 저 녀석을 죽여 버리고 말겠어. 참지 않을 거야!"

그가 고래고래 소리를 지르며 말했다.

귀청이 찢어질 것같이 호루라기 소리가 울렸고, 감시관의 손에는 후춧가루 스프레이가 들려 있었다. 급히 보충 요원들이 달려왔다. 시아드, 찰스 그리고 몇몇 소말리아인들이 하미드에게로 달려들어 그가 달려들지 못하도록 꽉 붙잡았다. 경찰관들은 한바탕 웃고 난 뒤, 모두 철수했다.

"대체 왜 말리는 거야, 자네들?" 하미드는 씩씩거리며 말했다. "저 녀석을 흠씬 두들겨 패 주려고 했는데."

"기어이 트리폴리로 가는 다음 비행기를 타야겠다면 그렇게 하게."

"어차피 우리는 전부 그리로 갈 거야. 이 작자들이 우리를 아프리카로 되돌려 보내는 건 이미 결정 난 일이라고."

시아드와 샤라, 하미드, 찰스 그리고 튀니스호에 탔던 몇몇 친구들은 컨테이너 벽에 쪼그리고 앉아서 분을 삭이지 못한 채 눈물만 짓고 있었다. 하필이면 택시에 관해 가르쳐 주는 걸 잊어버리다니. 샤라는 그 사실을 받아들이고 싶지 않았다. 스테니, 이제 그는 더 이상 이곳에 없다. 스테니……. 모두들 스테니에게 감사할 것이 너무도 많았다.

"다음 차례가 '우리'가 될 때까지 기다리고만 있으면 안 돼." 하미드가 말했다. "뭔가 행동으로 옮겨야 해."

그 전날부터 수단 출신의 하싼이라는 사람이 시아드의 컨테이너 숙소에 들어와 함께 지내게 되었는데, 사람들에게 람페두사에서 트리폴리로 강제송환된 그의 친구 이야기를 들려주었다. 이 친구는 내전 지역인 다르푸르에서 왔는데도, 이탈리아인들에 의해 강제송환되었다고 한다. 하싼의 이야기를 듣던 사람들은 등줄기로 얼음 같은 전율이 흐르는 것을 느꼈다. 하싼의 이야기는 이랬다.

이들은 수단 경계선 근처의 사막지대에 이르자 난민들을 버스에서 내리게 하였다. 그들의 생사를 운명의 여신에게 떠맡긴 채 말이다. 물도, 먹을 것도 아무것도 없었다. 몇몇 사람들에게는 다시는 밀입국 시도를 하지 못하도록 무릎과 발에 몽둥이찜질을 가하기도 했다. 그 친구는 하쌘에게 무릎에 난 상처를 보여 주었다.

시아드와 하미드는 리비아가 얼마 안 되는 돈 몇 푼 때문에 서구 세계에 자존심을 팔더니, 이제는 '난민 청소'라는 더러운 일까지 넘겨받았다며 천벌을 받아야 한다고 말했다. 하미드는 더는 기다리려고 하지 않았다. 그러나 수용소 사람들은 난민들이 벌써 몇 번이나 집단 탈출을 통해 강제송환을 피하려고 시도해 보았지만, 결국 한 건도 성공하지 못하였다는 이야기를 해 주었다. 하미드는 도저히 진정할 수 없었다. 그는 컨테이너 벽을 주먹으로 치며 절규하듯 소리쳤다.

"내가 원하는 건 유럽에서 일자리를 찾는 것뿐인데 도대체 얼마나 더 여기서 기다려야 하는 거냐고. 그들이 우리를 결딴내기 전에 우리 몸은 우리 스스로 지켜야 해."

"말도 안 돼요." 찰스가 의견을 내놓았다. "설령 이 수용소 울타리를 넘는 데 성공한다고 해 봐요. 그래도 우리는 가망성이 없어요. 여기가 섬이라는 걸 잊지 말라고요."

어제 또다시 새로운 난민들이 수용소에 도착하였다. 도주 방조 마피아들이 또다시 그들의 물건(사람들)을 해안가에 쏟아 놓은 것이었다. 남자들은 수염을 깎지 않은 얼굴에 심하게 탈진한 모습이 역력했다. 그들 역시 튀니스호의 사람들과 비슷하게 표류

끝에 이곳에 당도하였다. 배는 리비아에서 출발했다고 한다. 이 탈리아 어선 여러 척이 이들을 보았지만 전혀 도와주지 않았다는 것이었다. 나중에야 배에 있던 사람들은 어부들이 해상에서 재난을 당한 난민들을 도울 경우, '불법 입국 방조죄'에 걸려 벌금형에 처해진다는 사실을 알게 되었다.

사람들이 바르케선(지중해 연안에서 자주 볼 수 있는 작은 배. 돛대가 없는 것이 특징이다. 우리나라의 나룻배와 비슷하다_옮긴이)인 구아르디아 코스티에라Guardia Costiera호에 가까이 다가갔을 때, 그들의 눈앞에는 참혹한 장면이 펼쳐져 있었다. 배의 바닥에 해골같이 마짝 마른 사람들이 미동도 않고 누더기 옷을 걸친 채 누워 있었던 것. 그중 한 여인은 배를 타고 오는 중에 해산까지 했었단다.

로마의 각종 매체는 80명의 목숨을 앗아 간 이 최신 난민 드라마에 관해 보도하면서 난민이 타고 온 배를 '바르까 델라 모르떼 Barca della morte' 즉, '죽음의 바르케'라고 이름 붙였다. 뻣뻣하게 굳은 몸과 공포로 일그러진 두 눈이 찍힌 사진들이 유럽 전역의 각 가정마다 파고들었고, 유럽인들의 양심을 휘저어 놓았지만 그들을 변화시키지는 못하였다.

수용소에서 참담한 상태에 있는 사람들은 비단 이들 새로 도착한 난민들뿐만이 아니었다. 그럼에도 이 수용소 전체를 통틀어 단 한 명의 의사도 없었다. 람페두사 섬에는 병원도 없었다. 국제기구인 '국경 없는 의사회'가 2004년 4월까지 의료 부분을 담당하였다. 그러나 이탈리아의 임시 수용소에 수용된 이민자들의 상태에 관해 의사회 회원들이 비판적으로 기술한 보고서가 공개되자, 이탈리아 정부는 이 기구와 맺은 모든 관계를 끊고, 구호 활동의 계속적인 전개에 대한 일체의 허용을 거부하였다. '국경 없는 의사회'는 람페두사에 있는 수용소에 더 이상 발을 들여놓을 수 없었다.

시아드, 샤라 그리고 하미드는 저녁을 먹고 난 뒤 천천히 컨테이너들 사이를 이리저리 걸어 다녔다. 하늘엔 노을이 화려하게 물들어 있었다. 황금색으로 빛나던 태양은 이제 불타는 듯한 오렌지색으로 변해 가고 있었다. 세 사람은 캐나다와 그들의 고향인 소말리아에 관한 이야기를 하였다. 하미드는 그가 살던 농가와 들판 냄새, 땅의 온기를 그리워했다. 그는 어떤 땅이 옥수수를 심기에 좋은지, 어떤 땅이 호박을 기르기 좋은 땅인지도 잘 알았다며, 그러나 여기선 숨 쉴 공기조차도 서서히 잃어 가고 있는 것 같다고 시아드에게 하소연했다. 그는 이탈리아에서 농업과 연관된 직업을 찾을 수 있기를 바랐다.

소말리아의 농부들은 모가디슈 남부의 샤벨레강 유역에 살았었다. 샤벨레강 하류인 샤벨레 계곡 지대에는 비옥한 옥토가 형성되어 있었다. 이 옥토는 거의 모가디슈에 이르기까지 기름진 녹색 경작지로 이루어져 있었다. 그곳엔 바나나 농장, 자몽과 망고, 아보카도, 파파야 등의 과일나무들이 있었다. 그러나 전쟁 때문에 소말리아의 농민들은 더 이상 아무것도 심을 수도, 팔 수도 없게 되었다. 이것이 한때 대규모 바나나 수출지로 손꼽혔던 곳의 풍경이었다. 그런 다음엔 가뭄까지 기승을 부려, 동물들은 말라 죽었고, 기근에 시달리게 된 농민들은 하는 수 없이 마지막 씨종자까지 남김없이 먹어 버리고 말았다.

하미드는 이탈리아에서는 채소 수확기에 돈을 많이 벌 수 있다는 말을 들었다.

"나는 일할 수 있어." 그는 시아드에게 그렇게 말하곤, 커다랗고 거북 등처럼 갈라진 자신의 양손으로 눈길을 돌렸다. "내가 원하는 건 그냥 유럽 땅에서 성실하게 일하는 것뿐인데……."

9

스테니가 강제송환되고 난 며칠 뒤 시아드는 결심했다. '람페두사가 유럽의 맛보기 코너라면, 그렇다면 나는 이 대륙에 관한 한 더 이상 아무것도 알고 싶지 않아. 이들이 고향으로 돌려보내지 않더라도 이탈리아에는 있지 않겠어. 유럽에는 머무르지 않을 거야.'라고. 시아드는 수용소에 있는 소말리아 친구들에게서 캐나다가 전쟁 난민들의 망명 신청을 너그럽게 받아 준다는 말을 들었다. 자신을 인내의 한계점까지 끌고 갔던 수용소 지도부의 심문 이후, 계속되는 멸시와 굴욕을 겪은 이후, 그는 미래의 희망을 아메리카 대륙에 두게 되었다.

소말리아 사람들은 이탈리아인들에 대해 뿌리 깊은 혐오감을 품고 있었다. 그러나 그들은 이탈리아인들이 베푸는 호의에 내맡겨진 몸이었다. 그들은 소말리아에 유엔군이 주둔한 기간 동안 이탈리아 군사들이 수도 없이 심한 고문과 살인을 자행했던 것을 잊을 수 없었다. 그 당시 이탈리아군 사령관은 폭력 행사에 대해 공공연히 떠벌리며 자랑까지 했었다.

시아드와 샤라, 하미드가 튀니스호에서 알게 된 사람들 중 이제 수용소에 남아 있는 사람은 열 명 남짓밖에 안되었다. 그중에는 선장이었던 찰스도 있었다. 사람들은 찰스가 다른 사람들과 축구 경기를 하는 모습을 종종 볼 수 있었다. 수용소 감독관들은 이 불법 입국자들이 스포츠 활동을 하는 걸 좋아했다. 그러면 적어도 다른 데 한눈팔지 않고 거기에만 몰두하기 때문이었다.

찰스의 꿈은 독일의 프로 축구팀에 들어가는 것이었다. 그는 독일 분데스리가의 정상급 팀들을 줄줄이 꿰고 있었다. 바이에른 뮌헨, 볼프스부르크, 도르트문트, 베르더 브레멘, 함부르크……

물론 그는 현실적으로 자신이 당장에 최고 등급의 선수 대열에 올라 백만장자가 되는 건 불가능하다는 것을 잘 알고 있었다. 하지만 찰스의 친구 한 명은 오스트프리스란트 지방의 7부 리가-클럽(최고 수준의 축구팀들이 펼치는 리가는 1부 리가이다. 7부 리가는 지방 소속의 소규모 축구팀에 해당한다고 할 수 있다_옮긴이)에서 아마추어 계약직 선수로 뛰는데도 어쨌든 매달 750유로를 받고 있었다. 규모는 작아도 그쯤 되면 재산이라고 할 수 있는 수준(750유로면 우리 돈 약 100만 원 안팎의 금액이다. 한 달 생활비로는 아주 빠듯한 금액이나 난민 입장에선 크게 비춰질 수도 있을 것_옮긴이)이었다. 수확철 일꾼으로 일한다 해도, 많아야 300유로밖에 받지 못하는 것에 비하면.

찰스는 정말 축구에 타고난 재능이 있었다. 심지어는 라이베리아를 위해 아프리카컵전에서 뛰기까지 했었다. 청소년전이긴 했지만, 아무튼 그랬다.

며칠 전, 콩테 부소장이 '아프리카 대 비(非)아프리카'라는 타이틀하에 축구 경기를 개최한다고 발표하였다. 경기가 열리기로 한 날, 사람들은 팔레스타인, 이라크, 파키스탄 등지에서 온 사람들과 쿠르드인들이 팀 편성을 놓고 토론하는 모습을 여러 번 볼 수 있었다. 아프리카 진영에선 찰스가 공격수로서 확고하게 자리매김을 하고 있었다.

관중들은 점심을 먹고 난 뒤 같은 편끼리 무리를 짓고 모여 서서 어떻게 하면 자기네 팀이 이길 수 있을지 목청을 높여 가며 갑론을박을 펼쳤다.

콩테 부소장은 경기를 위해 기꺼이 심판으로서 함께 뛰기로 했다. 약 40세가량 된 것 같은데 그는 살이 많이 찐 탓인지 나이가 훨씬 더 들어 보였다. 중립을 상징하는 검은 심판복이 그의 배 언저리에 걸려 팽팽하게 늘어나 몸매가 그대로 드러나 보였다. 콩테 부소장은 귀에는 반짝이 귀고리를 달고, 숱이 많은 검은 머리카락은 헤어드라이어로 단장한 모습으로 공작처럼 으스대며 양 팀 선수단을 이끌고 경기장으로 나왔다.

"콩테는 심판을 더 자주 서야겠어. 몇 킬로그램 정도 빠져도, 건강에 아무런 지장도 주지 않을 것 같은데."

하미드가 말했다.

양 팀의 선수들이 각자 자기 위치를 찾아 자리를 잡았다. 경기가 시작되었다. 처음 몇 분이 지나자 기술적인 면에서 아프리카 팀이 월등히 뛰어난 것이 고스란히 드러났다. 찰스는 계속해서 좋은 찬스를 만들었다. 그는 맨발로 공을 굴리며 울퉁불퉁한 경기장 위를 뛰어다녔다. 그러나 상대편의 젊은 골키퍼 역시 축구 재능을 타고난 선수임이 입증되었다. 들어오는 공들을 모조리 막아 냈던 것이다.

경기가 시작된 뒤, 불과 몇 분이 지나지 않았을 때부터 심판의 잦은 휘슬 때문에 양 팀에게 골 기회로 이어질 만한 패스의 흐름이 자꾸 끊기고 말았다. 콩테 부소장은 언제나 공을 잘 볼 수 있는 곳에 있으려고 했다. 그렇게 하려면 전속력으로 달려야 하기 때문에 힘이 많이 들었다. 곧 그는 땀으로 목욕을 한 듯 땀을 비 오듯 쏟고, 얼굴도 새빨개졌다.

경기 시작 호각이 울린 지 약 10분쯤 지나자 수용소의 수감자들이 거의 모두 경기장 주변으로 몰려들었다. 아프리카 사람들은 둔탁한 북소리 장단에 맞추어 자기편 선수들을 응원하였다. 그들은 쓰레기 더미에서 골라낸 비닐봉지와 상자로 북을 만들고, 두꺼운 마분지를 이용하여 나팔을 만들었다. 이어지는 한 시간 반 동안, 둥둥거리는 북소리 장단이 난민 수용소를 가득 채울 것이었다. 그 위로 함성과 상대편 선수들을 깎아내리며 목이 쉬어라고 외치는 구호 소리가 울려 퍼졌다.

찰스는 능숙하게 공 굴리기 트릭을 썼다. 공을 바짝 붙여 몰고 가다가는 갑자기 방향을 바꾸었다. 같은 팀 선수들의 패스도 잽싸게 받아 내었다. 튀니스호의 사람들은 그를 열심히 응원하였다. 오른쪽 경기장 가장자리의 관중들은 어지럽게 소용돌이치는 북소리 장단에 맞추어 마구 들고뛰었다. 그중 몇 명은 이 자유분방한 분위기에 도취되어 거의 최면 상태에 빠진 것처럼 보였다.

약 20분쯤 뒤, 찰스는 오른쪽 진영에서 계속 싸우고 있었다. 그러면서 그는 노련하게 몸 반칙을 해 오던 상대편 선수 두 명을 빈 곳으로 유도하였다. 날카롭고, 정확한 그의 슈팅에 상대편 골키퍼도 전혀 손써 볼 도리가 없었다.

그 순간 "고~~~~올!"을 외치는 우레와 같은 환호성이 온 수용소에 울려 퍼졌다. 왼쪽 경기장 가장자리에 있던 팔레스타인 사람들과 쿠르드족 사람들은 당혹스럽고 실망한 표정으로 얼굴을 돌려 버렸다. 오른편에 있는 사람들은 서로 얼싸안고 뛰어오르며, 환호성을 질러 댔다. 골을 넣은 선수에게 열광적인 격려가 쏟아졌다.

나이지리아나 가나, 또는 세네갈에 사는 축구에 재능이 있는 많은 청소년들은 찰스처럼 원대한 꿈을 품고 있다. 이 청소년들은 유럽에서 프로 축구 선수가 되는 것이 꿈이다. 일상의 비참함에서 벗어나게 해 줄 유일한 기회가 가죽 공으로 하는 경기에 있을 때가 종종 있었다. 짧은 시간 동안만이라도 말이다. 아프리카의 가정들 중에는 제아무리 돈이 없어도 어떻게 해서든지 아이들에게 축구화 한 켤레 정도는 사 주려는 가정들이 많다.

후반전은 어수선하게 시작되었다. 심판은 경기를 어떻게 이끌어 가야 할지 난감해 했다. 북 장단은 이제 덜거덕거리는 금속성을 내고 있었다. 쿠르드족 사람들과 팔레스타인 사람들은 그 사이 3점이나 앞서고 있는 아프리카인들에게 심한 욕설로 설욕전을 펼쳤다.

시아드는 수용소에서 이렇게 두 그룹이 서로를 자극하며 나쁜 사이가 되는 것은 완전히 말도 안 되는 일이라고 비판하였다. 그는 이것이 수용소 지도부의 계산에서 나온 것이라고 생각했다. 수용소 수감자들 사이에 갈등의 불씨를 붙여 놓으면, 어느 한 편도 다른 편 사람들과 연대하여 경찰에 대항하려는 생각을 하지 않게 될 것이었다.

다양하게 뒤섞인 비 아프리카 팀의 열한 명이 아프리카의 우세함에 맞서 스스로를 방어하기 위해선 부당한 반칙을 사용할 수밖에 없었다. 선수들은 상대편 선수들의 옷을 잡아당기거나 몸을 밀착시키는 방법을 썼고, 발로 밟거나 침을 뱉기도 했다. 반칙이 점점 거칠어지자 콩테 부소장이 선수 한 명에게 퇴장을 명했다. 그가 레드카드를 뽑아 들자, 팔레스타인 선수 한 명이 고개를 푹 숙이고 경기장을 떠났다. 그러자 아프리카인들 사이에서 환호성이 불같이 일었다. 반면 왼쪽에 있던 절반은 다들 야유하였다.

콩테 부소장은 자신이 경기 중 벌어지는 사건에 관해선 언제든지 통제한다는 것을 보여 주고 싶었다.

강경 대응책이 공표되었다. 분위기가 과열되면서, 경기가 무질서한 패싸움으로 변할 것 같은 조짐이 보였다. 감시관들은 점점 걱정스럽고 진지한 표정으로 '친선경기'를 관찰하고 있었다. 경찰 다섯 명이 곧장 자리에서 일어나 곤봉을 빼어 들고 경기장으로 서둘러 갔다. 그러고 난 뒤 모든 일이 눈 깜짝할 사이에 벌어졌다.

선수 중 몇이 심판의 눈이 갑자기 돌아가더니 그대로 무너지듯 쓰러지는 것을 목격하였다. 관중들의 눈에는 콩테 부소장이 단순히 발에 걸려 넘어지는 것으로만 보였다. 그러나 그가 사지를 쭉 뻗은 채 경기장에 누워 일어나지 않자, 그제야 그들은 사태의 심각성을 깨닫게 되었다.

"의사를 데려와야 해. 당장 닥터 카브리니를 데려와!"

경찰관들은 흥분하여 한꺼번에 소리를 질렀다.

시아드가 자리에서 황급히 뛰쳐나갔다. 그는 경찰관들이 콩테 부소장 위로 몸을 숙이고 있는 것을 보았다. 시아드는 그들을 옆으로 밀쳤다.

"썩 꺼지지 못해, 그 더러운 몸을 어디에다 함부로 디밀어? 이 사람을 죽이려는 생각이야?"

경관 한 명이 소리쳤다.

"그냥 둬요, 그 사람 의사예요!"

하미드와 찰스가 소리쳤다.

콩테 부소장의 얼굴은 걱정스러울 정도로 푸른빛을 띠고 있었다. 시아드는 그의 옆에 무릎을 꿇고 앉아 그의 손목을 잡고 맥을 짚어 보았다. 맥박이 뛰질 않았다. 이번엔 목 동맥을 짚어 보았다. 아무런 미동도 없었다. 시아드는 콩테 부소장의 가슴에 귀를 대 보았다. 심장이 뛰는 기척이 느껴지지 않았다. 감시관들은 놀라서 아무 말도 못한 채, 마비된 것처럼 그 주변에 빙 둘러서 있었다. 그들은 의사가 수용소까지 오려면 날밤을 새야 할 수도 있다는 걸 알고 있었다. 하지만 어떻게 불법 입국자를 믿고 그를 맡긴단 말인가?

시아드는 콩테 부소장의 머리를 뒤로 젖히고 인공호흡을 시도하였다. 그는 깊이 숨을 들이쉬고 내쉬면서 그의 폐로 공기를 불어넣었다. 시아드는 인공호흡만으로는 부족하다는 것을 알았다. 목숨을 유지하는 데 중요한 산소가 몸에 공급되려면 심장도 다

시 뛰어야 했다

"심장마사지를 해야 해요!" 그는 도와줄 사람을 한 사람 불러 그에게 명령했다. "내가 숫자를 세겠습니다."

축구 경기가 끝나고 나흘 뒤였다. 아랍어 통역관이 시아드가 머무는 컨테이너에 모습을 나타냈다.

"어이, 거기 자네. 이리 와 보게!"

통역관이 시아드를 불렀다.

통역관이 경찰을 보내지 않고 난민 가운데 한 사람을 정해서 찾는 것은 좋은 징조였다. 그를 부른 다음 통역관은 수용소장의 전달 사항을 그에게 전해 주었다. 함께 컨테이너를 쓰던 사람들이 부러운 눈으로 그 광경을 바라보았다. 시아드는 통과되었구나, 그들은 생각했다. 그는 송환되지 않을 거야. 운이 무지 좋은 친구로군.

"에스포지토 소장께서 자네가 콩테 부소장을 위해 발 벗고 나서서 최선을 다해 준 데 대해 감사의 마음을 전하라고 하셨네."

"콩테 부소장은 어떤가요? 중환자실에서는 언제 나올 예정입니까?"

그러나 이 말이 채 끝나기도 전에 벌써 통역관은 에스포지토 소장의 사무실 쪽을 향해 부지런히 돌아가고 있었다.

그래서? 수용소장이 그에게 그 말 외에 아무 말도 하지 않았다는 건가? 가장 가까운 동료의 목숨을 구하는 데 이바지한 사람에게? 지난 며칠간 시아드의 머릿속에선 그 드라마틱했던 순간들이 계속 맴돌며 떠나질 않았었다. 30분간 심장마사지와 인공호흡을 한 뒤에도 콩테 부소장은 그들의 노력에 보답할 만한 어떤 기미도 보이지 않았다. 그러나 시아드는 계속해서 닥터 므하디의 충고를 생각했다. "포기하지 말게!"라던 그 충고를.

마침내 시아드가 한 줄기 섬광과 같은 생명을 느낄 수 있었던 것은 수용소 담당 의사가 막 수용소에 들어왔을 때였다.

시아드는 이 시기에 에스포지토가 시아드의 도움에 대해 응분의 조처를 취하는 일이 아닌, 다른 일들로 머리가 꽉 차 있으리라는 걸 당연히 알 턱이 없었다. 그 다음 날부터 수용소엔 이상한 일들이 벌어졌다. 커다란 짐칸이 달린 대형 화물차들이 수용소 앞에 대기 중이었고, 오랫동안 방치해 두었던 파란색 봉투에 든 쓰레기들이 몇 시간 만에 사라졌다. 수용소 내에 진동하던 심한 악취의 주범인 하수구 도랑도 방향을 돌리거나 말려서 더 이상 흐르지 않게 되었다. 청소 작업 대원들이 코를 찔러 대던 악취를 화약 약품과 스프레이로 서둘러 몰아냈다.

평소 같았으면 사무실 밖에 거의 모습을 드러내지 않던 에스포지토 소장이 이른 아침부터 수용소를 누비고 다니며, 부하들에게 큰 소리로 이것저것 명령을 내렸다. 신경질적인 호령 소리가 밤늦게까지 울려 퍼졌다. 이 갑작스럽게 벌어진 분주한 현상에 대해 해명해 줄 사람이 아무도 없었다. 3일이 지나자 수용소는 더는 이전의 모습을 찾아볼 수 없었다.

"대체 여기에 무슨 일이 벌어진 거야?"

시아드가 물었다.

하미드는 농담 삼아 말했다. 크리스마스용 청소를 미리 앞당겨서 하는 모양이라고.

그들은 죠르지오에게 물어보았다. 그는 난민들을 이해해 주고 그들을 친절하게 대해 주는 경찰관 중 한 명이었다. 죠르지오와는 대화라는 걸 나눌 수 있었다.

"다음 주에 유럽의회의 파견단이 수용소를 방문할 예정이라네. 에스포지토 소장이 그때까지 수용소를 번쩍번쩍 윤이 나게 해야 한다며 지시를 내린 걸세."

죠르지오가 설명해 주었다.

190명의 인원을 수용하기 위해 세워진 람페두사의 수용소엔 현재 약 900명의 이민자들이 터질듯이 모여 있었다. 다음 3일 동안은 약 600명의 난민들이 비행기에 실려 팔레르모, 아그리젠토, 크로토네, 바리, 칼타니세타 등지의 수용소로 이동하였다. 약 200명은 배에 실려 시실리 항구에 있는 포르토 엠페도클레로 보내어졌다.

수용소 밖으로 보내어졌지만 이들에겐 기뻐할 아무런 이유도 없었다. 이탈리아 내륙에서도 아프리카로 강제송환될 수 있다는 것을 알고 있었기 때문이었다. 물론 에스포지토 소장은 이 800 명의 불법 입국자들을 당장에 리비아나 튀니지로 바로 추방할 수도 있었다. 그러나 로마에 있는 정부 당국에서 높은 분들의 방문을 코앞에 두고 그렇게 한다는 것은 국제적인 스캔들로 번질 위험이 매우 크다는 입장을 표한 상황이었다.

수용소에 남아 있는 난민 120명은 일치단결되고 조화로운 모습을 보여 줘야 했다. 소장은 운명의 여신에게 유럽으로 들어가는 이 전초기지에 도착한 것을 감사하며, 만족스러워하는 한 집단을 보여 주고 싶었다.

수용소는 어려운 시험을 앞두고 있었고, 에스포지토 소장은 로마에 있는 정치인들에게 자신의 능력을 보여 주고자 했다. 그리하여 일주일 뒤 불법체류자들에게 각각 개인용 매트리스가 주어졌다. 모두들 더 이상 노천에서 잠을 청할 필요가 없어졌다. 화장실이 다시 제 기능을 하게 되었고, 수도꼭지를 틀면 (소금물이 아닌) 담수가 나왔다. 쓰레기 봉지들과 참을 수 없이 심했던 악취도 사라졌다. 악취가 사라지고 나자 곧바로 소금기 섞인 바다 냄새를 맡을 수 있었다. 에스포지토 소장의 청소 부대가 임무를 모두 완수한 것이었다!

"맛난 음식이 나올 걸 생각하니 벌써부터 기분이 좋구먼. 의원들이 오면, 분명히 캐비어(상어 알로 만든 젓갈류의 고급 요리_옮긴이)와 바닷가재 요리가 나올 거라고."

하미드가 시아드에게 말했다.

물론 제아무리 에스포지토 소장이라도 그 짧은 시간 안에 계획했던 것들을 모두 다 완벽하게 바꾸어 놓기란 무리였다. 세면대와 화장실을 추가로 더 설치하려던 계획은 완전히 없던 것으로 하였다. 또한 화장실에 필요한 문짝도 조달할 수 없었다. 람페두사에는 목수가 없었다. 그러나 에스포지토는 임시변통의 달인이었다. 그는 외부에서 호기심 어린 눈으로 수용소 내부를 들여다보는 것을 방지하기 위해 쳐 둔 진초록색의 천막 천 일부를 철조망에서 떼어 내게 하였다. 그 천들을 규격에 맞게 잘라 내어 화장실 문틀 위쪽에 돌쩌귀를 달아 문 대용으로 박아 놓았다.

이제 브뤼셀에서 올 달갑잖은 조사 단원들은 조용히 들어와도 되었다. 에스포지토와 그의 팀들이 준비를 마쳤으니까.

10

람페두사 난민 수용소의 실태를 두고 국제 언론 매체들 사이에선 스릴러소설 같은 이야기들이 돌고 있었다. 이 '임시 체류 수용소'는 끔찍하기로 유명했다. 절망한 난민들이 강제소환을 당하지 않으려고 수용소 지도부와 정기적으로 유혈 투쟁을 벌인다는 것이었다. 난민들은 침대를 끌어내어 수용소 정문을 열기 위한 람복(뿔난 양의 머리처럼 생긴 철제 무기로서 닫힌 성문을 부수어 여는 데 쓰였다_옮긴이)으로 이용하는가 하면, 컨테이너에 불을 지르기도 했다. 5년 전에 있었던 한 폭동에선 수용소 수감자 40명과 경찰 열 명이 부상을 입기도 했다. 그러나 수용소를 벗어난 사람은 한 명도 없었다. 폭동에 가담했던 사람 가운데 나이지리아에서 온 한 사람은 경찰에 감금되어 있는 동안 사망하였다. 의식불명 상태였는데도, 그는 수갑이 채워진 채로 이송되었다.

브뤼셀에서 온 고귀한 신분의 신사·숙녀들은 이제 이런 것들을 직접 눈으로 보고 피부로 느끼길 원했다. 그들은 시찰 임무를 통해 이 인색한 어촌을 둘러싸고 끊임없이 사람들의 입에 오르내리는 비인간적 실태의 진상을 조사하고자 했다. 길고 힘든 협상 끝에야 겨우 유럽의회 의원들은 로마에게서 진상 조사에 대한 허락을 받아 낼 수 있었다. 조사에 앞서 유엔 구호 기구들이 난민들을 돕기 위해 람페두사를 방문하려고 갖은 애를 썼지만, 단호히 거절당하고 말았다.

원래 에스포지토 소장은 의원들이 수용소를 시찰할 때 함께 동행하려고 했었다. 그러나 브뤼셀에서 온 이 사람들은 그가 함께 다니는 것을 거절하였다. 그러고 나자 수용소장은 시찰단에게 무조건 수용소 캠프 내 아랍어 통역관을 대동하고 갈 것을 끈질기게 고집했다. 하지만 그것 역시 의회 의원들에게서 거절당했다. 그들은 전담 통역관을 직접 데리고 왔다. 소장은 그래도 경찰 장교 한 명, 가벼운 전투복 차림의 신변 보호 요원 열 명이 시찰단을 수행한다는 조건만은 관철시킬 수 있었다. 그는 의원들의 신변 보호를 위해 그렇게 해야 한다고 열심히 설명하였다. 요컨대 이렇게 큰 규모의 캠프에선 범죄가 발생할 수 있는 요소들을 고려하지 않을 수 없다는 것이었다. 수용소장은 또한 신변 안전을 위해 배치할 수행원들은 어쨌든 아랍어나 영어를 전혀 알아듣지 못하기 때문에 의심할 필요가 전혀 없다는 점도 확실하게 말해 두었다.

　장교에 관한 소문이 곧장 수용소 내에 퍼졌다. "조심들 하라고. 그 사람은 자네들이 무슨 말을 하는지 다 알아듣으니까." 튀니지 사람 한 명이 튀니지에서 온 다른 사람들에게 경고하였다. "난 그 사람 아랍어 실력이 유창하다는 걸 잘 알고 있어. 심지어 아랍어 욕도 알고 있다니까. 내 두 귀로 똑똑히 들었다고, 그 장교가 사람들을 아랍어로 심하게 모욕하는 걸 말이야."

　시찰하는 동안 브뤼셀에서 온 의원들은 사진도 찍고, 수도꼭지를 돌려 보는가 하며, 메트리스를 높이 들어 보기도 하고, 화장실 시설 역시 꼼꼼하게 살펴보았다.

　에스포지토 소장은 잔뜩 긴장한 채 창문 밖을 내다보며 그들의 모습을 지켜봤다.

　그는 제복을 차려입고 있었다. 노트북 화면에는 방문단을 앞에 두고 강연하였던 통계자료 화면이 떠 있었다. 그는 로마에 있는 정부의 허락을 받아야 난민들을 리비아로 추방할 수 있었다. 의회 의원들은 이렇게 강제로 송환된 사람들이 정확히 몇 명인지, 국외 추방 조치를 실시한 날짜는 언제였는지에 관해 자료를 원했지만, 그들에게 돌아온 대답은 이 수용소에 있는 그 누구도 그것을 기록한 사람이 없다는 말이었다.

에스포지토 소장은 이제 어금니를 꽉 물고 의원 열세 명 가운데 일부 의원들이 수용소 내에서 사진과 동영상을 촬영하는 모습을 바라보았다. 로마에 있는 정부에서 분명히 촬영을 금지했는데도 말이다. 그러나 어차피 공개된다고 한들, 수용소가 너무나도 깨끗하고 모범적으로 운영되고 있는 것에 대해 놀라는 일밖에 더 있으랴. 모든 것이 반짝반짝 윤이 났으니까.

난민들은 말없이 컨테이너 벽에 기대어 선 채 이 낯선 손님들에게서 눈을 떼지 못하고 있었다. 남자들은 시찰단 단장에게서 눈을 떼지 못하였다. 그녀는 점잖은 신발에 하얀색 재킷을 입었는데, 재킷이 햇빛을 받아 눈부시게 빛났다. 그녀는 두 손을 꼭 잡고 인사하였다.

"하우 아 유? 꼬망 딸레부?How are you?, Comment allez-vous?('안녕하세요'에 해당하는 영어 및 불어 인사. 난민들이 알아듣도록 난민들이 많이 사용하는 영어와 불어로 인사한 것_옮긴이)"

시아드는 어디 울타리라도 있으면 숨고 싶은 심정이 들었다. 수용소에 있는 다른 모든 사람들처럼 그는 이런 시찰 여행이 난민들에겐 어차피 아무것도 가져다주지 못하는 부질없는 일이라고 생각했기 때문이었다. 게다가 곧 있으면 그는 크로토네 수용소로 이송될 예정이었기 때문에 그런 자신의 상황을 공연히 불리하게 만들고 싶지도 않았다. 친절한 경찰관 죠르지오가 그에게 귀띔을 해 주었다. 그와 샤라가 곧 칼라브리아로 갔다가 이탈리아 내륙으로 들어가게 될 가망성이 크다고. 이제 시아드는 어떤 일도 그르치지 않으리라고 단단히 작정을 하고 있었다.

그런데 브뤼셀에서 온 사람들이 갑자기 그의 컨테이너 숙소 앞에 서더니 시찰단 단장이 곧바로 그를 향해 다가오는 것이었다.

"당신은 어디서 오셨나요? 그리고 왜 고향 땅을 등지고 떠나게 되었지요?"

"제 딸과 저는 전쟁을 피해 소말리아에서 도망쳐 나왔습니다. 아내와 아이 중 한 아이가 전쟁 통에 살해되었습니다."

그녀는 시아드에게서 샤라의 나이를 듣자, 법에 따라 미성년자는 이곳에 수용될 수 없다고 설명하였다. 그녀의 설명에 시아드는 어깨를 으쓱해 보이며 알았다는 표시를 했다.

"이 수용소에 머문 지는 얼마나 되었나요?"

그녀가 계속 물었다.

"약 2주일 정도 되었습니다. 정확히는 이젠 잘 모르겠네요."

"망명 신청을 할 수 있는 기회는 주던가요?"

"예. 벌써 했는걸요."

진짜로 사흘 전에 수용소에 들어온 지 처음으로 망명 신청서가 배포되었다. 그리고 몇 시간 뒤 재빨리 신청서를 걷어 갔다. 아마 지금쯤 쓰레기 집하장 어딘가에 신청서들이 쌓여 있을 것이다.

수용소 수감자들에게 '법률 상담의 기회'라며 주어진 것은 마치 이들을 조롱하기라도 하듯 시실리 본토의 변호사 주소가 적힌 목록이 전부였다.

"이 수용소의 상태에 대해 어떻게 생각하십니까?"

금테 안경을 쓴 마른 체격의 한 남자는 이 점을 궁금해하며 알고 싶어 했다.

시아드는 침을 삼켰다. 순간 그의 머릿속에선 '샤라를 위해선 어쩔 수 없어. 아이의 미래를 위해서 행동해야 해.'라는 생각이 스쳐 지나갔다. 그는 안전 요원들에게로 시선을 돌렸다. 그들은 그를 에워싸고 서서 마뜩찮은 표정으로 그를 뚫어지게 바라보고 있었다. 시아드는 그들의 고무 곤봉이 지금이라도 자신의 머리를 세차게 내리칠 것 같은 느낌이 들었다.

"이곳은 모든 것이 다 갖추어져 있습니다. 우리에겐 부족한 것이 없습니다." 시아드는 자신의 말소리를 들으며 말했다. "우리는 제대로 대접 받고 있지요."

시찰 단장은 고개를 끄덕이며 그에게 친절하게 미소를 지어 보였다. 그녀는 아름다운 여인이었다. 그녀에게서 연한 향수 냄새가 났다. 시아드는 붉은색 립스틱을 바른 그녀의 입술과 아이섀도, 그리고 매니큐어를 칠한 손톱을 보았다. 이 비참하고 궁핍한 상황 가운데서 시아드의 눈에 비친 그녀의 모습은 마치 다른 별에서 온 생명체처럼 보였다. 저런 모습의 아름다운 여성을 본 적이 언제였던지……. 갑자기 조이가 떠올랐지만, 그는 얼른 생각을 떨쳐 버렸다.

시아드는 착잡한 마음으로 파견단의 뒷모습을 바라보았다. 저 사람들은 이런 싸구려 연출에 이런 삼류 코미디를 진짜인 줄 알고 속아 넘어갈까? 이 시찰 여행을 저들은 얼마나 진지하게 받아들이고 있는 걸까? 가방 속에다 수영복이나 챙겨 들고 여행을 떠나 온 건 아닐까? 그는 사실이 아닌, 좋게 포장하여 내뱉었던 말들을 떠올리며, 죽을 때까지 그렇게 한 것을 증오하리라는 걸 알았다.

잠시 뒤 그는 찰스가 종이에다 무언가를 휘갈겨 쓰는 것을 보았다.

"저는 여러분께 간청합니다. 우리를 도와주세요. 우리를 리비아로 보내면, 그길로 우리는 몰락하는 겁니다. 일주일 전만 해도 이곳엔 900명이나 되는 난민들이 있었습니다!"

그는 영어로 작성한 구조 요청서를 접고 또 접어 엄지와 검지 사이에 숨길 수 있는 크기로 만들었다. 경찰관들은 대부분 등을 돌리고 서 있었다. 프랑스인인 그 유럽의회 의원은 사람들과 악수를 나누었다. 찰스는 사람들을 밀치고 그녀의 앞으로 나갔다. 그는 그녀의 두 눈이 반짝이며 빛나는 것을 보고 그녀가 자신의 행동을 이해했다는 것을 알 수 있었다.

"성공했어요."

찰스는 나지막한 목소리로 시아드에게 속삭였다. 찰스, 이 겁 없는 친구가 진짜로 그 여의원에게 성공적으로 뉴스를 전달한 것이었다.

그 프랑스 여의원이 법무 위원회 및 내무 위원회에 제시한 방 문 보고서는 결론적으로 다음과 같이 비판적인 내용이 실려 있 었다.

그들은 잘 치워진 수용소의 모습에서 이탈리아 정부가 뭔가 숨 기려고 한다는 인상을 받았다고 했다. 의원들은 몇몇 공간이 시 찰을 받기 위해 급하게 수리된 흔적을 잡아낼 수 있었으며, 시설 수준이 전반적으로 유럽 표준 수준에 미치지 못하였다고 보았다. 의원들은 '싸구려 광대극'과 '변장술' 등의 표현을 사용하였다.

보고서에는 "법률 상담의 기회가 거의 없는 점으로 미루어, 우 리는 인권 조약과 난민 보호 협정을 위반하고 있다는 인상을 받 았다."라고 기록되어 있었다.

의원들은 스페인과 폴란드, 그리고 몰타 섬의 수용소들도 시찰 여행을 할 거라고 예고하였다. 그들은 명백한 결점 사항들에 대 하여 이탈리아 정부에게 서면으로 해명할 것을 요구하였다.

난민들의 입장에선 하나도 변한 것이 없었다. 시찰 뒤 2주 만에 수용소는 다시 언제 그랬던가 싶게 예전과 똑같이 악취가 풍겼다. 곧 철조망 울타리 안은 다시 900여 명에 달하는 불법 입국자들로 가득 찼다. 섬의 시장인 브루노 시라구사는 관광업의 침체를 막기 위해 수용소 증축에 대해 거세게 반발하였다. 거의 5천 명에 가까운 섬 주민들은 정기적으로 서명자 명단과 자신들의 분노를 고스란히 드러낸 항의문을 로마로 보냈다. 섬사람들은 남자들은 주로 바다에 나가 고기를 잡았고, 여자들은 해산물 공장에서 일을 했다. 그래도 그들의 주요 수입원은 관광업이었다.

불법 입국자들이-제아무리 잘 숨겨져 있다 해도, 그래서 나머지 섬사람들의 눈에 전혀 띄지 않는다고 해도- '걱정 근심을 떨쳐 줄 천국 같은 휴양지'라는 섬의 이미지에 깊은 손상을 입힌다는 것이었다. 호텔 업계에선 자신들이 입고 있는 손해에 관해 불평을 털어놓았다. 태양과 모래사장과 좋은 기분을 원하는 휴양객들 중에 대체 어떤 사람이 이런 난민들의 섬에 와서 휴가를 즐기려고 하겠느냐는 것이었다.

이미 부드럽고 밝은 모래와 터키석처럼 푸른 물색 때문에 해수욕장으로 사용되는 만으로 퉁퉁 불은 시체들이 떠 밀려온 일이 있었다. 휴양객들은 너나없이 모두 충격을 받았고, 핸드폰 사진으로 찍은 소름 끼치는 장면들을 호텔 바에서 서로 돌려 보았다.

천국 같은 휴양지이면서 난민 수용소가 있는 감옥의 섬. 한눈에 봐도 관광 안내 책자의 찬란한 터키옥색과는 절대로 어울릴 수 없는 말이었다.

11

시아드는 오른손에다 고무장갑을 꼈다. 몸을 숙여 식물의 줄기 아래쪽을 그러쥐고 마른 흙바닥에서 그것을 뽑아냈다. 그리고는 줄기를 흔들어 익은 토마토들을 털어 내렸다. 그런 다음 두꺼운 장갑을 벗고는, 무릎걸음으로 다니며 토마토들을 주워 모았다. 주워 모은 토마토들은 오른쪽에 세워 둔 커다란 플라스틱 바구니에 집어넣었다.

시아드는 잠깐 허리를 펴고 서서 손으로 얼굴을 쓰윽 문질렀다. 그의 주변 사방이 끝없이 펼쳐진 토마토 농장이었다. 이글거리는 열기는 마치 눈앞에 얇은 베일을 드리운 듯 모든 것을 우글쭈글하고 비현실적으로 보이게 하였다. 다른 많은 수확철 일꾼들이 드넓은 녹색 바다 저 멀리에 그저 희미하게 가물거리며 떠있는 점들처럼 보였다.

'난 더 심한 것들도 견뎌 냈어.'라고 생각하며 시아드는 물병에서 물을 한 모금 마셨다. 그리고 '나는 절대로 포기하지 않을 거야.' 다시 한 번 결심했다.

칼라브리아에 있는 크로토네 수용소에 도착하고 몇 주쯤 지나, 그는 '거주권 소지 망명 희망자'로 분류되어 3년 기한의 조건부 체류 허가서를 받았다. 천국으로 향하는 문, 그토록 들어가고 싶어 했던 그 문이 시아드와 샤라, 또 하미드를 위해서도 열렸다. 시아드와 샤라는 이제야 유럽에 온전히 도착한 셈이었다. 3개월 동안 여러 수용소를 옮겨 다닌 뒤, 세 사람은 철조망 울타리와 철장을 뒤로할 수 있었다.

방금 땅에서 뽑았던 줄기에는 아직 토마토 몇 개가 더 달려 있었다. 시아드는 남은 토마토를 떼어 바구니에 넣고 몇 걸음 더 걸어 바로 옆에 있는 토마토로 갔다. 다시 장갑을 끼고 바구니를 끌어다 놓았다. 그러고 난 뒤 그는 똑같은 일을 다시 시작했다.

이탈리아 남부의 평야 지대에선 매년 6월과 8월, 토마토 농장들이 토마토를 수확한다. 이 평야 지대는 유럽의 유명 채소 산지 가운데 한 곳이다. 매년 여름, 나폴리와 카세르타 사이에는 수천 명의 이민자 부대가 몰려와 뼈가 빠지도록 혹독하게 일한다.

시아드가 일을 시작한 새벽 다섯 시는 그래도 적당히 시원했다. 그러나 그로부터 여섯 시간이 흐른 지금 시간엔 더위와 뜨거운 열기가 사정없이 토마토 농장 위로 쏟아졌다. 바구니 한 개를 가득 채우면 대략 토마토 200개가 들어간다. 열 시간의 노동 뒤에 그가 두목에게서 받는 돈은 12유로. 시간당 1유로 20센트인 셈이다.

시아드는 정확히 기억하고 있었다. 반년 전 자신이 자유로운 환경 속에서 펼쳐질 새로운 생활을 얼마나 학수고대하며 기다렸는지를. 그런데 이 새로운 생활은 더할 나위 없이 단조롭게만 흘러갔다.

딸아이는 주말에만 볼 수 있었다. 주말이 되면 그는 샤라를 방문하기 위해 나폴리에 있는 카톨릭 구호 사업회로 갔다. 그곳에 가면 가난한 이탈리아인 가족들이 급식 창구 앞에 서 있는 광경을 한눈에 볼 수 있었다. 이 광경을 하미드에게 이야기해 주었을 때, 하미드는 시아드의 말을 믿으려고 하지 않았다. 시아드는 샤라에게 두세 달쯤 돈을 모으면, 토론토행 비행기 표를 살 수 있을 거라고 말했다. 그는 3주 전에 벌써 캐나다 비자도 받아 놓았다.

그의 추리닝 상의는 때가 꼬질꼬질했고, 상표 로고인 '퓨마' 글씨도 색이 바랄 대로 바라 있었다. 바지는 무릎이 툭 튀어나와 있었고, 셔츠는 닳아서 나달나달했다. 1년 전, 아프리카 출신 사람들 57명과 함께 길이 12미터짜리 보트에서 입었던 그 옷, 바로 그때 입었던 그 옷을 그대로 걸치고 있었던 것이다. 다 떨어진

이 누더기 옷을 보고 있노라면 그 자신도 진저리가 쳐질 정도였지만, 새로운 옷을 살 만한 돈이 그에겐 없었다. 시아드는 그동안 많이 말랐다. 가죽 허리띠의 마지막 구멍을 새로 뚫었는데도 바지는 여전히 헐렁거렸다.

낮 열두 시쯤 되어 그는 면도기로 밀어 버린 머리에 흰 수건을 얹어 놓았다. 햇빛으로부터 머리를 보호하기 위해서였다. 그는 30킬로그램이나 나가는 무거운 짐을 높이 들어 올려 토마토 집적지로 가져갔다. 가는 도중에 시아드는 하미드가 트랙터를 몰고 가는 것을 보았다. 트랙터에는 토마토를 가득 채운 높다란 두 개의 트레일러가 달려 있었다. 그는 햇빛을 막으려고 얼굴 깊숙이 모자를 눌러 쓰고 작업을 하고 있었다. 하미드는 군데군데 파인 땅들을 피하여 조심스럽게 커브를 틀었다. 그렇게 하지 않으면 옆에 있는 도랑으로 빠질 위험이 있었다.

수확한 토마토들이 빨갛게 빛을 내며 산처럼 쌓아 올려져 있었다. 마치 바닥에서 탑이 솟아오른 것처럼 보였다. 내일이면 이 채소들은 슈퍼마켓 선반에 진열되어 있을 것이다. 날마다 화물차 인부들이 차에 토마토를 잔뜩 싣고 이 지역을 떠났다.

시아드와 하미드는 같은 소말리아 출신의 사람 한 명과 함께 전에 돼지우리였던 곳에서 살았다. 이 숙소는 농장 가장자리에 있었다. 그들은 이곳을 숙소로 내어 준 농부에게 한 사람당 매월 30유로씩을 지불해야 했다. 관할관청에선 이런 불법 숙소에 대해 알고 있었지만, 아무런 조처도 취하지 않았다. 일용직 노동자 몇 명은 나폴리 시내에 허름한 하숙집을 얻어, 그곳에서 잠을 청한 뒤, 동이 틀 무렵이면 첫차에 몸을 싣고 다시 농장으로 돌아왔다. 그들은 대개 나폴리 중앙역 주변을 빙 둘러 퍼져 있었는데, 작은 아파트 한 채에 20명이 공동으로 생활하는 경우도 종종 있었다.

농장 바로 근처에서 잠을 자는 노동자들이 많았고, 심지어 별을 보며 한뎃잠을 자는 사람들도 더러 있었다. 이들은 대부분 과일 상자에서 뜯어낸 각목 몇 개와 비를 막아 줄 몇 평방미터짜리 천막 천으로 직접 숙소를 조립하여 만들었다.

사람 키 높이의 납작한 오두막들로 이뤄진 이 끝없는 군락은 빌라 리테르노에서 산 키프리아노에 이르기까지 널리 펼쳐져 있었다. 답답하게 들어선 이 덤불 숲 사이로 더러 캠핑카도 눈에 띄었다. 도시에 사는 사람들이 세를 놓은 것이었다. 보건부의 압력에 못 이겨 농장 소유주들이 세워 놓은 화장실 차는 지저분하기 이를 데 없어 노동자들의 외면을 살 때가 많았다.

마치 벌집처럼 도시를 에워싸고 있는 이 불법 구역은 빌라 리테르노 시장에게는 눈엣가시였다. 수확기가 끝나는 10월이 되면 불도저와 롤러차가 몰려와 이 원시적인 숙소들을 납작하게 눌러 버렸다. 그러나 이른 봄, 수확기가 시작되기 무섭게 이들은 마치 버섯처럼 다시 땅바닥에서 피어오르기 시작하였다.

어느덧 시간이 흘러 오후가 되었다. 열기가 참을 수 없을 정도였다. 사물이 더욱 일렁거려 보이고, 시아드가 넘어지는 횟수도 점점 더 잦아진다. 온몸에 땀이 비 오듯 흘러내렸고, 콧잔등이 땀으로 번들거렸다. 그늘도 없이, 휴식도 없이 네 시까지 그렇게 계속 일을 했다. 일터로 오면서 병에 담아 온 물만이 그 긴 시간 동안의 노고를 조금이나마 덜어 줄 뿐…….

일을 마치고 비틀거리며 숙소로 돌아오고 나면, 어찌나 고단한지 먹는 것조차 입에 대지 못하고, 그대로 매트리스 위로 쓰러질 때가 많았다. 가까운 쓰레기 집하장에서 주워 온 다 떨어진 매트리스였다. 우리는 지붕이 푹 꺼져 있었다. 창문은 못질을 하여 막아 놓았고, 문은 돌쩌귀가 고장 나 흔들거리며 매달려 있었다. 책상도, 의자도, 옷장도 없었다. 있는 것이라고는 벽에 붙여 놓은 누렇게 변한 성화 두 점과 즉석 가족사진 몇 장뿐이었다. 부스러진 바닥 한가운데 찌그러진 냄비가 몇 개 있었고, 그 옆으로 가장자리가 완전히 해어진 코란이 놓여 있었다. 12평방미터의 이 돼지우리에 한때 유럽에 관해 꿈을 꾸었던 세 사람이 있었다. 이곳엔 아프리카의 잃어버린 아이들이 머무르고 있었다. 자신들의 대륙에게 추방당하여 유럽의 슬럼가로 귀양 온 자들이.

시아드는 매일 벌어들이는 일당 12유로 가운데 1유로를 나폴리 지하 세계의 조직원들에게 바쳐야 했다. 나폴리 마피아인 카모라 조직은 직업 알선과 아울러 마약 밀매, 사람들을 협박하여 강제로 받아들이는 신변 보호 명목의 보호비, 담배 밀수, 건축 사업, 무기 거래, 매춘, 도박 등등 그들이 접수하는 구역에 있어 실제로 여기저기 손을 뻗치지 않은 것이 없었다. 처음에 하미드는 이 돈을 내지 않겠다고 거부했었다. 내가 모가디슈에 있는 것도 아닌데 그런 돈을 왜 내냐며 반발했었다. 그러나 밭에서 함께 일하는 작업 동료가 서둘러 그를 설득하였다. 이른 바 '지존들'-마피아 두목들은 스스로를 그렇게 불렀다.-에게 대거리를 하는 건 완전히 정신 나간 짓이라는 거였다. 그들은 피도 눈물도 없는 자들이어서 아이들을 죽이는 것도 주저하지 않는다는 것이었다. 나폴리에선 벌건 대낮에 사람들이 오가는 거리에서 카모라 갱단들이 살인을 자행하기도 했다. 적대 관계에 있는 당파들끼리 유혈 싸움을 벌였던 것이다. 빗발치듯 퍼붓는 총탄은 계속해서 무고한 사람들의 생명을 앗아 갔다.

시아드도 그랬고 하미드, 그리고 농장에 있는 다른 사람들도 거의 모두 이탈리아인에 대해 사실과는 전혀 다르게 생각했었다. 그도 그럴 것이 대부분의 이민자들이 집에 편지를 보낼 때,

잘 지내고 있다며 가족들을 안심시키기 위해 '누구도 배곯지 않는 아름다운 땅……' 어쩌고 하며 썼던 것이다.

농장 감시인 한 명이 얼굴을 찌푸리며 냉소적으로 말했다.

"원 참, 유럽에서 멀어지게 하는 제일 좋은 방법은 와서 유럽을 한 번 보는 거라니까."

이곳에 있으면 너무나도 외로웠다. 하지만 주변이 온통 외로운 사람들로 둘러싸여 있다 보니, 이 일도 참을 만했다. 일요일이면 이들은 시 외곽에 있는 작은 강에 가서 목욕도 하고, 밀린 빨래도 하여 잔디 위에 펼쳐놓고 빨래를 말렸다. 토요일 저녁엔 이웃 오두막에 사는 동료들과 함께 카드 패 한 장 잡고 있기 힘들 정도로 몸을 가눌 수 없을 때까지 술을 마셨다. 술이나 로또복권이 삶의 유일한 희망이 되어 버린 사람들도 종종 있었다. 슬픔이 속을 들여다볼 수 없는 베일처럼 판자촌 위에 드리워져 있었다. 엎친 데 덮친 격으로 무더위까지 더해져 사람을 나른하고 우울하게 만들었다. 돼지우리에 사는 세 사람도 날이 지날수록 체념만 늘어갔다.

시아드와 하미드의 룸메이트이자 두 사람과 같은 동향인은 알고 봤더니 생화학을 전공한 전직 대학교수였다. 그런 그가 대학 경력 대신 지금은 하루에 열두 바구니의 토마토를 채우는 것을 목표로 살아가고 있다. 그가 이탈리아에 온 지는 벌써 2년째이다. 그는 경력을 인정받은 소수의 난민 가운데 한 명이어서 노동 허가서도 받은 상태였다. 이 교수님은 자유와 보다 나은 삶에 관한 자신의 꿈을 오래전에 묻어 버리고, 마치 큰 충격을 받은 사람처럼 들판에서 죽어라고 일, 또 일, 계속해서 일만 했다. 가끔씩 그는 차라리 바닷물에 빠져 죽는 편이 더 나았을 걸 그랬다는 생각을 할 때도 있었다. 유럽으로 오는 도중에 사라진 사람들, 그러나 아무도 그들이 사라졌다는 사실을 깨닫지 못하는 그런 사람들이 너무도 많았다.

하미드는 지금 당장이라도 아내와 두 아들에게로 돌아가고 싶은 마음뿐이었다. 그러나 그는 아무런 서류도 받지 못했다. 그리고 법적 효력을 가진 서류가 없으면 이번에는 그의 조국이 그를 받아 주지 않는다. 끝없이 펼쳐진 토마토 농장을 볼 때마다 하미드는 소말리아에서 자신이 정성을 다했던 농사일이 생각나 여간 고통스럽지 않았다. 그는 점점 더 고립되어 가고 있는 느낌이 들었다. 이탈리아어를 거의 이해하지 못하기 때문에도 그랬다. 그가 할 줄 아는 말은 "고맙습니다."라는 "그라찌에Grazie."와 "괜찮습니다."를 뜻하는 "페르 파보레 per favore." 단 두 마디였다.

이곳까지 올 수밖에 없었던 하미드의 운명을 보면서 시아드는 스테니가 생각났다. 스테니도 가족들이 그를 보냈었지. 하미드는 부모님을 부양해야 했다. 그 외에도 그의 부인과 두 아들, 그리고 세 명의 남동생 역시 그에게서 돈이 오기만을 기다리고 있었다. 대가족 모두가 십시일반으로 돈을 모았고, 빚을 졌으며, 양떼를 팔고 전답을 맡겨 돈을 빌렸다. 남편은 먼 곳으로 길을 떠나 가족들에게 행복과 재산을 가져다주어야 했다. 하미드가 소말리아에 있는 남동생과 통화하면서 유럽에서의 고된 생활에 관해 그에게 이야기를 했을 때, 그는 동생 때문에 갑자기 할 말을 잃고 말았다. 동생이 수화기에 대고 소리쳤기 때문이었다.

"형, 거짓말 마!"

나폴리는 시끄러웠다. 나폴리는 다채로웠고, 반감을 불러일으키는 동시에 사람을 끄는 매력이 있었다. 샤라는 이 도시에 반하게 되었다. 샤라는 무엇인가를 잊어버리는 데는 나폴리가 안성맞춤이라고 생각했다.

샤라가 즐겨 찾는 곳은 바다 근처에 있었다. 샤라는 놀란 눈으로 친구 파티마와 함께 동화 속의 성처럼 생긴 카스텔 누오보 성을 쳐다보며, 상점가를 지나 쇼핑몰을 가로질러 갔다. 그리고 오페라하우스를 들렀다가 피아차 플레비스치토 광장에 이르렀다. 이 드넓은 광장 한가운데에 서면, 갑자기 완벽하게 정적 속으로 들어온 것 같았다. 교통이 차단된 곳이었기 때문이다. 마침내 두 소녀는 비아 톨레도의 활기 넘치는 생활권으로 들어왔다. 둘은 목숨이 아깝지 않다는 듯 전속력을 다해 스쿠터를 타고 거리와 골목 곳곳을 누비고 다니는 젊은 청년들의 모습에 감탄이 절로 나왔다.

철조망 안에서 석 달을 보내고 난 뒤에 보게 된 나폴리의 모습은 샤라에겐 천국이나 다름없었다.

샤라는 마침내 유럽에, 자그마한 행복이지만 행복을 보장해 주는 삶, 적어도 이따금씩 다시 웃을 수 있게 만드는 삶 속에 도착한 것이기를 바랐다.

나폴리에 도착한 뒤로 샤라는 기숙사에 살게 되었다. 그곳에서 파티마를 알게 되었는데, 파티마 역시 소말리아에서 온 아이였고, 이탈리아에 온 지는 1년이 되었다. 파티마의 부모님이 오랫동안 일자리를 찾지 못하였기 때문에, 파티마네는 온 가족이 나폴리의 스페인촌 거리에서 몇 달간이나 노숙자로 지내야 했다.

샤라가 이 도시에서 처음 인상적으로 와 닿았던 모습들 중 하나는 사람들이 쓰레기 더미 사이에 웅크리고 앉아 있는 장면이었다. 전율을 느끼며 샤라는 2월, 아빠와 나폴리에 도착했던 그날을 떠올렸다. 기차역을 떠나며 아빠와 샤라는 서로의 얼굴을 바라보며 물었다.

"세상에, 도대체 우리가 어디에 온 거예요?"

기차역 주변을 다니려면 종종 기차역 역사 건물 처마 밑에 진

180

을 치고 있는 노숙자들의 잠자리를 넘어 다녀야 했다. 여자, 남자, 아이, 노인까지 노숙자들은 다양했다. 달랑 박스 용지 한 장을 요 삼아 깔고 그대로 인도 위에서 잠을 자는 일가족들도 있었다. 마구 헝클어지고 떡 진 머리에 수염이 더부룩한 모습의 사람들. 그들이 굶주림에 지친 눈으로 몇 푼의 동전을 구걸하는 모습도 눈에 들어왔다.

그러나 파티마 덕분에 샤라는 곧 이 다채롭게 아른거리는 또 다른 나폴리를 발견할 수 있었다. 파티마처럼 샤라도 미켈레 신부에게 받아들여졌다. 그는 갈색 수도복을 입은 형형한 눈빛의 프란체스코회 신부였다. 10년 전, 미켈레 신부는 허물어져 가는 공장 건물을 개조하여 후원금과 자원봉사자들의 도움으로 아동 보호 기관인 카사 피글리 디 마리아Casa Figli di Maria(마리아 자매의 집이라는 뜻의 이태리어_옮긴이)를 설립하였다. 이 기숙사에서 아이들은 따스한 온정과 잠자리를 찾았고, 보다 나은 장래를 위해 계획을 세울 수 있었다. 공동 침실 회벽에 회칠이 부스러져 떨어진 곳이 군데군데 있긴 했지만, 전기도 들어왔고, 수돗물도 나왔고, 문이 달려 있는 깨끗한 화장실에 하수관도 있었다. 모든 아이들은 의료 혜택을 받을 수 있었고, 게다가 한 달에 7유로의 용돈도 받았다.

샤라는 따뜻한 침대가 있었고, 1년쯤 뒤엔 쿠션과 면 소재의 침대보까지 갖게 되었다. 이제 샤라는 안전한 지붕 아래에서 잠을 잤다. 그래도 무서움을 쫓아 주는 엄마의 부드러운 음성이 그리웠다. 밤마다 눈만 감으면, 샤라는 자꾸만 엄마 생각이 났고, 그 생각과 함께 고통스런 기억과 외로움이 한데 밀려왔다. 도로하나만 더 지나가면 고속도로가 나 있었다. 부르릉거리며 우레 같은 소리를 내는 자동차와 화물차, 버스의 혼잡스러움은 밤이 되어도 별로 잦아들지 않았고, 샤라가 잠을 잘 때에도 따라다녔다.

거의 매일 샤라는 친구인 파티마와 함께 도시의 이곳저곳을 살피며 도시 탐험에 나섰다. 부활절만 되어도 벌써 해수욕을 할 수 있었다. 하지만 그 뒤로 악천후와 우박 소나기가 내리면서 한 번 더 추위가 찾아왔다. 그러나 지금 계절에 즈음하여선 시로코(지중해와 남부 유럽의 지역에서 부는 따뜻하고 습한 바람. 북아프리카에서 건조한 바람으로 시작되어 지중해를 지나면서 많은 수증기를 흡수한다. 비와 안개를 동반한다_옮긴이)가 불어오면서 계속해서 아프리카의 따뜻한 공기를 실어 날랐다. 샤라의 아빠가 샤라에게 말했다. 이 따뜻한 바람이 나폴리 만으로 불어오면 그의 친구들이 깊은 슬픔에 잠기게 될 거라고. 샤라는 농장에서 일하는 아빠, 늘 밖에서 일하는 아빠의 생활이 얼마나 고단하고 힘든지 알고 있었다. 이제 두세 달만 참으면, 아빠와 샤라는 캐나다로 출발할 수 있는 돈을 모으게 될 터였다.

정확히 사흘 전에 학기가 끝났다. 샤라와 파티마는 이제 여름 방학을 맞게 되었다. 샤라는 지난 4개월 동안 비아 알레산드로 스칼라티에 있는 한 학교를 다녔다. 소말리아에 있을 때 샤라는 학교를 다닐 수 있는 소수의 행복한 아이들 중 한 명이었다. 샤라의 부모님에게는 학교의 공납금을 지불하는 것이 크게 부담스러운 일이 아니었다. 샤라가 그곳에서 좋은 교육을 받았던 것이 지금의 학교생활에서 장점으로 작용했다. 주변 사람들이 보기에 샤라는 타고난 모범생이었다. 수학은 물론 체육도 잘했고, 또 음악적 소양도 풍부했다. 잘 보이려고 애를 쓰지 않아도 선생님들에게 인정을 받았다. 게다가 예쁘기도 했다. 그러나 지나치게 애교를 부리는 타입도 절대 아니었다. 샤라는 쉬는 시간에 여자아이들이 립스틱이나 마스카라와 같은 것들에 관해 얘기할 때에도 끼어들지 않았다. 화장을 하지 않은 맨 얼굴인데도 사람들의 눈길을 끄는 외모였다. 남학생들의 선망의 대상이 될 정도로.

그러나 같은 반 친구인 파티마와는 항상 이야기할 거리가 많았고, 둘은 함께 키득거리며 웃을 때도 많았다. 또 잠들기 전, 어둠 속에서 오랫동안 속살거리며 이야기를 나누곤 했다. 파티마는 누가 되었든 언제나 어떤 남학생과 사랑에 빠져 있었다. 그녀는 곱슬머리에 커다란 갈색 눈동자의 이브라힘에 관해 이야기를 했고, 알베르토에 관해서도, 또 마리오에 관해서도 이야기를 했다. 파티마는 샤라가 남학생들이 그녀의 뒤를 졸졸 쫓아다니는 걸 알아차리지 못하는 걸 재미있어 했다.

언젠가 한밤중에 파티마는 친구가 숨을 고르면서 가끔씩 나지막한 울음소리를 내는 것을 들었다. 밤만 되면 샤라는 더욱 선명해지고, 그래서 자신을 더욱 괴롭게 만드는 장면들에 쫓기고 있었다. 샤라는 생각했다. 소말리아에서 멀리 떨어진 이곳 나폴리에선 이 장면들을 잊을 수 있을 거라고……. 그러나 샤라가 겪었던 무서운 장면들과 아울러 이제는 샤라의 동급생들이 겪은 이야기와 장면들까지 함께 떠올랐다. 표류자요 버려진 자들의 서식지인 이곳의 아이들은 저마다 나름의 사연들이 있었다. 아프리카의 비참함이 여전히 이들을 뒤쫓아 와 미켈레 신부의 도피처까지 따라잡은 것이다. 이 기숙사에는 우간다에서 온 학생들도 있었는데, 이 아이들은 고향에서 끌려가 군사경찰들에 의해 킬러로 훈련을 받은 아이들이었다. 전쟁이 이 아이들의 얼굴에서 어린아이의 모습을 지워 버렸다. 이 아이들은 공격적이었고, 순응시키기가 여간 어렵지 않았다. 한때 어린 병사였던 이 아이들은 꿈에서까지 자기들이 쏘았던 총소리 때문에 괴로움을 당했다.

투사 기질이 강한 신부님은 갱단과 손잡고 나폴리의 지하 세계를 위해 일하는 거리의 아이들을 쉬지 않고 데리고 왔다. 대부분의 경우 그는 이 아이들을 폭력의 악순환에서 건져 내는 데 성공하였다. 심지어 신부님은 마피아 조직인 카모라에게 대놓고 맞서기도 했다.

샤라가 신부님께 그동안 겪었던 일들을 이야기했을 때, 신부님은 샤라에게 이제는 행복할 일만 남았다고 했다. 그동안 힘들게 살아온 것이 자양분이 되어 행복할 수밖에 없다고 말했다. 그래도 샤라는 그 힘든 여정의 끝에 진짜로 행복과 같은 그런 것이 자기를 기다리고 있을지 믿기 어려웠다. 그렇지만 샤라는 계속해서 미래에 대한 꿈, 즉 캐나다에서 고등학교를 졸업하는 꿈을 접지 않았다. 그곳 캐나다에서 샤라는 의사가 되고 싶었다. 아니면 음악가가 되거나.

샤라가 아빠와 함께 캐나다에 도착할 때면, 사하라사막 도주 길과 람페두사에서 보낸 시간들은 이미 1년 전 이야기가 되어 있을 것이다. 그리고 언젠가는 샤라를 괴롭히는 과거의 나쁜 꿈들도 담담히 대하게 될 날이 올 것이다.

12

어두워지자 농장 주변의 빈민굴 일대가 모닥불 불빛에 환해졌다. 모퉁이 곳곳마다 혀를 날름거리며 불꽃이 솟아올랐다. 희망을 잃은 사람들이 불 근처로 몰려들었다. 흔들리는 불빛에 비친 그들의 깡마르고 지저분한 얼굴은 심지어 섬뜩해 보이기도 했다.

이날 밤, 돼지우리에 사는 사람들의 분위기는 가라앉아 있었다. 감시인 중 한 명이 이웃 오두막에 살던 두 사람을 해고해 버렸기 때문이었다.

"어떻게 그럴 수가 있어? 믿을 수 없어."라며 교수는 계속 같은 말만 되풀이했다. "그게 다 이 빌어먹을 오두막 주인 때문이라니."

알바니아 출신의 노동자 두 명이 두목의 오두막에서 개 먹이용 통조림 몇 개를 훔쳤다가 그 즉시로 해고를 당했던 것이다. 시아드와 하미드도 끓어오르는 분노를 도무지 감출 수가 없었다.

잠시 뒤, 하미드가 말하였다.

"우리가 떠나왔던 곳, 그곳에 다시 도착한 걸세, 우리는. 판자촌과 기다림이 있는 곳으로. 튀니지에 있을 때처럼……"

하미드는 아베르사에서 농장 노동자 한 명이 또 폭행을 당했다는 이야기를 했다. 농장에서 일하는 어떤 동료에게선 그 희생자가 깡패 일당에게서 몽둥이와 자전거 체인으로 학대를 당했다는 이야기도 들었다. 아프리카 흑인들은 특히 위험했다. 그들은 '항상 눈에 띌 수 있기' 때문에 알바니아인들처럼 비교적 쉽게 이탈리아 사회로 잠적해 들어갈 수가 없었던 것이다. 게다가 신분과 관련한 서류가 아예 없는 사람들이 많았기 때문에, 감히 경찰에 고발할 엄두도 내지 못하였다. 온 도시 사람들이 모두 범인을 알고 있을 때도 드물지 않았지만, 역시 아무 일도 벌어지지 않았다.

이렇게 된 데는 많은 이탈리아 농부들이 이들 불법 노동자들의 일손이 없으면 수확량을 다 해결할 수 없다는 걸 잘 알고 있는 것도 한몫했다.

하미드는 시아드가 플라스틱 병의 배를 갈라서, 면도날과 고무밴드로 쥐덫을 만드는 걸 바로 보고 있었다. 고기엔 부족한 영양 상태를 보충할 수 있는 중요한 단백질이 함유되어 있었다. 하미드는 퍼뜩 지금 자신들이 완전히 말도 안 되는 엽기적인 상황에 처해 있다는 생각이 들었다.

돼지우리 앞에 앉아서 쥐 사냥이나 하고 있다니! 화가 나서 벌게진 얼굴로 그는 두 주먹을 불끈 쥐었다.

"우리는 힘을 합쳐야 해. 바리 포지아 지방에선 과일 수확 일꾼들이 폭동을 계획했다네."

실제로 바리에서는 법률의 보호를 받지 못하는 일용직 일꾼들이 봉기를 일으켜 하루 동안 수확 작업이 마비되었다. 그들은 끊임없이 계속되는 인종차별적인 권리침해도 더 이상 참고 넘어가려 하지 않았다.

"우리는 위에서 정해 주는 대로 들판과 온실에서 온갖 더럽고 천한 일을 도맡아서 하고 있지. 그런데 그들은 우리를 노예 부리듯 부리면서 겨우 쥐꼬리만 한 임금에, 우리의 신경까지 건드리며 돌아다니고 있지 않은가." 하미드가 말했다. "바리시의 시장은 결국 깨닫게 되었지. 자기들이 우리 손에 달려 있다는걸."

"그래서? 그래서 뭐가 변한 게 있던가?"

시아드가 물었다.

하미드는 입을 다물고 말았다. 그는 담배꽁초를 버리고 발로 문질러 껐다. 어둠 속 어디선가 개가 짖었고, 매미가 맴맴거렸다. 밤하늘엔 괴상한 모양의 구름이 달빛을 받으며 떠내려가고 있었다. 하미드는 누구든 항의하기만 하면 그 즉시로 해고된다는 것을 알고 있었다. 농장 일 노동자 군단을 위한 비축 인력은 언제나 고갈되는 법이 없었다. 그런데도 그는 조용히 있으려 하지 않았다.

"이 상태에서 아무것도 하지 않으면 버는 것도 더 많이 벌 수 없어. 우리는 인간으로서 우리의 존엄성마저 서서히 잃어 가고 있네. 내, 벌써 몇몇 다른 사람들하고 이야기를 해 두었네."

"자네 무슨 짓을 한 건가?"

교수가 놀라서 물었다.

"다른 사람들과 얘기를 했다고요. 그들은 스트라이크에 동참할 겁니다."

"자네 미쳤군. 놈들이 깡패들을 보내 자넬 뒤쫓을 거야. 그러면 결국 이 범죄자 놈들한테 자네가 된맛을 보게 될 걸세."

돼지우리 앞에는 세 사람만 앉아 있었고, 주변에 아무도 없었는데도, 교수는 돈 키키오의 이야기를 하는 동안 거의 말소리가 들릴락 말락 할 정도로 한껏 목소리를 낮추어 말했다.

나폴리와 카세르타 사이에 사는 사람들은 이 사람을 두려워했다. 돈 키키오. 그는 그 지역 카모라의 보스였으며, 조직에선 '미모'라는 별명으로 통했다. 매주 금요일마다 농장 노동자들은 미모의 수하들에게 세금을 바쳐야 했다. 거부하는 사람은 미모의 격투 대원들에게서 그 위력을 맛봐야 했고, 동시에 직장도 잃었다.

하미드는 그 말에도 그다지 깊은 인상을 받은 것 같지 않았다. "일치단결해서 나폴리 시내로 행진해 들어가는 거야."라며 점점 더 격한 어조로 말하는 걸 보니 뭔가 모종의 확신에 사로잡힌 것 같았다.

교수는 하미드에게 행동을 조심하라며 엄격하게 꾸짖었다. 말인 즉, 농장 노동자들 중에는 있는 정보, 없는 정보 다 모아서 그것을 그대로 농장 주인에게 전달하는 첩자들이 있다는 거였다.

"그런 말도 안 되는 소리일랑 그만두게!" 그는 나직하게 언짢은 어조로 말했다. "이곳에서 지켜야 할 제1계명이 뭔 줄 아는가? 입 다물고 있을 것. 그리고 질문하지 말 것일세."

하미드는 화가 나면 위험한 말들을 마구 해 댔다. 반면 교수는 좀 더 신중한 사람이었다. 그는 이곳에서의 분노를 오직 일하는 것으로 달랬다. 하루하루가 인간의 존엄성과는 거리가 멀게, 그렇게 이어졌으니까.

교수의 팔과 다리는 온통 붉은색의 작은 반점들로 뒤덮여 있을 때가 많았다. 밭에 살포하는 살충제는 수확 돕기 일꾼들에게 계속해서 알레르기 반응을 유발시켰다. 시아드는 알레르기로 인해 치명적인 쇼크가 올 수도 있다고 말하며 벌써 몇 번이나 교수에게 이 일을 그만두라고 충고했다. 그런데도 교수는 돈을 벌기 위한 다른 대안을 찾지 못했다.

시아드가 어떤 병이든지 다 도움을 준다는 소문이 발 빠르게 빈민굴에 퍼졌다. 이민자들은 국가에서 혜택을 주는 의료보험 대상에서 제외된 데다, 재정적으로 의사를 찾아갈 형편도 못 되었다.

"의사 선생, 나랑 같이 좀 가 줄 수 있겠나? 친구, 여기서 전혀 멀지 않은 곳이야."

거의 하루도 빠지지 않고 시아드에게 도움을 구하려고 사람들이 찾아왔다.

시아드는 치료에 필요한 약을 사러 빌라 리테르노까지 갈 용기가 나지 않았다. 추수철 일꾼들은 시내에 나가면, 사람들에게서 놀림을 받기 일쑤였고, 경찰관들까지 괜히 트집을 잡고 괴롭혔기 때문이었다. 빌라 리테르노시의 시장은 시내 중심지에 난민들이라고는 아예 얼씬거리지도 못하게 하려고 애를 썼다. 시내 중심지에 있는 한 고급 제과점의 주인은 이런 현상에 딱 들어맞는 말을 했었다. "이른 아침엔 일꾼이 필요하지만, 저녁엔 일꾼이 쓸데없지."라고. 열심히 일하되 눈에 띄지는 말 것. 이것이 이 빌라 리테르노의 존경해 마지않을 시민들이 아프리카에서 온 손님들에게 바라는 희망 사항이었다.

"이곳 사람들은 흑인의 옆을 스쳐 지나느니 차라리 더러운 웅덩이를 밟고 지나가려고 할 때가 많지."

교수는 사람들을 찬찬히 살펴보았다. 여자들은 흑인들과 마주치는 순간, 들고 있던 핸드백을 더욱 꼭 붙잡았고, 오던 길을 건너 다른 편 길로 가는 사람들도 있었다.

추리닝 차림에 운동화를 신은 남자들은 만날 장소가 거의 없었다. 그런 복장으로는 레스토랑이나 선술집, 혹은 운동장조차 출입할 수 없었다. 그들은 주말이면 무리를 지어 천천히 나폴리를 돌아다녔다. 마치 이 이글거리는 대도시에서 무슨 행운이라도 기대하듯이 말이다. 그러나 그들이 시내 어디를 가든 상관없이 그들은 항상 어딘가 둥둥 떠다니는 부유물과 같은 존재였다.

시아드는 늘 같은 곳에서 약을 샀다. 나폴리 중앙역에서 그다지 떨어지지 않은 곳에 위치한 한 약국이었다. 약을 사러 나오는 길이면, 그 참에 그는 항상 샤라를 보러 샤라에게 가곤 했다.

오늘은 샤라가 그와 함께 다니기로 허락을 받은 날이었다. 샤라는 파티마와 함께 나폴리의 여러 구석진 곳을 두루 찾아다녔지만, 약국이 있는 콰르티에레 포르셀라 구역(범죄와 폭력이 난무하는 나폴리 최악의 슬럼가_옮긴이)은 언제나 우회하여 돌아갔다. 그러나 나폴리와 잘 어울리지 않는 이곳을 샤라는 무조건 한 번 보고 싶었고, 그래서 아빠에게 데려가 달라고 조른 것이었다.

이 구역에선 경찰관도 감히 혼자 다닐 생각을 하지 않았다. 그러나 시아드는 그럼에도 불구하고 그곳으로 갔다. 두목이 비아

성 그레고리오 아르메노에 있는 약국에 가면 약을 훨씬 더 싸게 살 수 있다고 귀띔을 해 주었기 때문이었다. 시아드는 바로 이것이 대규모 농장들이 나폴리 지하 세계와 연결되어 있다는 것을 보여 주는 분명한 증거라는 생각이 들었다.

창문마다 그리고 골목골목마다 공중에 빨랫줄이 널려 있었고, 그 위엔 물이 뚝뚝 떨어지는 빨래들이 걸려 있었다. 포르셀라에선 열어 놓은 1층 창문으로 빈민들이 사는 방 안을 훤히 들여다볼 수 있었다. 건물 외벽엔 성인들의 입상이 세워져 있었고, 성모마리아와 성자들을 그린 그림이 들어 있는 유리 상자들이 건물 전면에 장식되어 있었다. 카모라는 이 구역과 또 형편이 비슷한 다른 구역들의 가난 속에서도 이윤을 챙겼다. 임대 아파트 단지에는 종종 마약 장사만으로 온 식구가 생계를 이어가는 가족들도 있었다.

시아드는 무사히 약을 사고, 샤라와 함께 우람한 카스텔 카푸아노 성이 있는 곳에 가까워 오자 기분이 좋아졌다. 성은 콰르티에레 포르셀라를 빠져나오는 길목에 있었다. 샤라는 맨손으로 산더미처럼 쌓여 있는 쓰레기 더미를 뒤적이는 아이들의 모습을 물끄러미 바라보았다. 아이들의 얼굴엔 찌든 때가 들러붙어 있었다. 이곳 빈민 구역에서뿐만 아니라 나폴리 어디를 가든지 배고픔에 겨운 눈빛으로 구걸하며 다니는 꼬질꼬질한 아이들을 만날 수 있었다.

"아빠, 아빠는 우리가 진짜로 유럽에 와 있다고 확신해요?"

샤라가 아빠에게 물었다.

어떤 집의 벽 앞에 두 사람은 멈추어 섰다. '모르테 아이 클란데스티니 Morte ai clandestini-불법 노동자에게 죽음을'이라고 누군가 대문자로 건물 정면 벽에 스프레이로 글씨를 써 놓은 것이었다. 두 사람은 다른 사람들도 이것을 읽었고, 무슨 말인지 그 뜻도 다 이해했다는 걸 알고 있었다. 그러나 그들은 마치 아무것도 보지 못한 것처럼 행동했다.

시아드와 샤라는 중앙역 앞에 있는 넓은 광장 가까이에 다다랐다. 노점상들이 외치는 소리와 거지, 소매치기가 합세하면서 광장은 점점 혼잡스러워졌다. 저녁 시간이 되면 거리는 쏟아지는 인파로 앞이 보이지 않을 정도였다. 피아차 가리발디 광장 너머로는 소음과 함께 엿가락 늘어지듯 이어지는 자동차 불빛의 행렬이 끊이지 않았다. 고층 빌딩들이 이룬 골짜기 사이로 자동차 매연이 푸른 구름처럼 떠 있었다.

시아드와 샤라는 버스 정류장 벤치에 자리를 잡고 앉아 기차역을 향해 구르듯 서둘러 가는 사람들의 무리를 바라보았다.

널리 펼쳐져 있는 가판대에는 구찌, 프라다, 베르사체, 까르띠에 등의 상표가 부착된 짝퉁 명품들이 지갑, 셔츠, 선글라스, 시계 등등 품목도 다양하게 펼쳐져 있었다. 파티마의 아빠도 몇 달 전부터 가판을 열어 장사를 하고 있었는데, 그래서 샤라는 파티마에게서 나폴리 카모라 조직이 이 제품들을 조달한다는 것을 알게 되었다. 파티마는 포르셀라와 토레 아눈치아타 지역의 불법 공장에서 수많은 아프리카인들은 물론이고 어린이들까지 일을 한다고 했다.

시아드와 샤라는 기숙사와 미켈레 신부에 관해 이야기했다. 노동자 거주 지역인 산 조반니 일대에서 신부님은 거의 성자처럼 존경받는 분이었다. 시아드는 딸이 뛰어난 성적을 받았다는 사실에 뛸 듯이 기뻐했다.

시아드는 벌써 아까 전부터 샤라에게 할 말이 있었는데, 이 기회를 이용하기로 했다. 언제가 되든지 이야기를 꺼내긴 꺼내야 했다.

"10월 말에 남쪽 지방으로 이사를 해야 할 것 같다. 다른 선택의 여지가 없단다."

샤라는 신음 소리를 냈다. 그 말은 반년을 더 이탈리아에 머물러야 한다는 말이었다. 그것도 나폴리가 아닌 시실리 어딘가에서. 이미 캐나다 비자를 얻긴 했지만, 그가 원래 생각했던 것보다 비용이 더 많이 필요했다. 지금으로서는 비행기 표 두 장을 사기에 돈이 부족했다. 10월 말에 들에서 수확하는 일이 끝나면,

떠돌이 노예 노동자들은 철새처럼 남쪽으로 내려가 바리 포키아 지역으로 옮겨 간다. 곧이어 겨울이 닥쳐오고 이탈리아 중부지방에선 납빛 회색 하늘과 비가 이어지는 나날이 계속된다. 그러면 이들은 계속하여 시실리 쪽으로 더 내려간다. 이번에는 오렌지 수확을 돕는 일꾼으로 일하게 되기를 희망하면서 말이다.

"시실리에는 가고 싶지 않아요. 아빠, 우리 이곳을 떠나지 마요."

샤라가 울먹이며 말했다.

큰 행복 가운데 작은 조각 하나에 불과한 것, 그 작은 조각을 사는 데 필요한 돈을 잡으려고 벌이는 이 허망한 사냥은 사람을 지칠 대로 지치게 만들었다. 샤라는 갑자기 손에 20유로짜리 지폐 한 장을 쥐고는 말했다.

"세 달 동안 모은 용돈이에요. 딱 한 번, 아이스크림 한 개 사 먹은 것 빼고 고스란히 다 모은 거예요. 받아요, 아빠!"

시아드는 딸이 내미는 돈을 받지 않았다.

갑자기 사이렌 소리가 들려왔다. 많은 사람들이 모였다는 걸 알 수 있었다. 마치 사고나 은행 강도 사건이 난 다음의 광경 같았다. 길 한쪽 모퉁이에 경찰차 여러 대가 먼저 와서 대기 중이었다. 경찰관들은 두껍게 차단선을 쳐, 호기심에 모여든 사람들이 밀려 들어오지 못하도록 막아 놓았다.

몇몇 상점은 이미 쇼윈도 앞에 셔터가 내려져 있었고, 또 막 셔터를 내리는 소리들도 들려왔다.

시아드는 한 흑인 가두판매상에게 물어보았다. 그는 마치 누군가 시간을 물어보기라도 한 듯 심드렁하게 대답했다.

"저건 실업자들이 하는 시위입니다. 매주 수요일마다 여기서 가두시위를 벌이지요."

그러면서 그는 덧붙여 말했다. 이 시위 때문에 장사에 지장이 많다고. 저 많은 경찰관들 좀 보라는 거였다.

시위대가 가까이 다가오자 중앙역 북쪽 도로가 사람들로 가득 찬 것이 보였다. 그들은 시위 내용이 적힌 어깨띠를 두르고 큰 소리로 구호를 외쳤다. 남자, 여자 할 것 없이 대열을 지어 넓은 도로로 걸어왔다.

"보글리아모 라보로Vogliamo lavoro!-우리는 일자리를 원한다."

구호 소리가 넓은 코르소 거리 위로 울려 퍼지자 소리가 점점 더 크고 우렁차게 변하는 것 같았다. 자동차 운전자들은 마지막 시위대가 옆 거리로 굽어 들어갈 때까지 기다리질 못하고, 조바심을 내며 경적을 울렸다. 물대포와 사나운 경찰견, 최루탄으로 무장했던 경찰관들도 천천히 퇴각하였다. 코르소 거리는 다시 승용차와 택시, 버스들의 차지가 되었다. 시위대의 구호 소리가 멀리 사라져 갔다.

시아드는 중앙역에서 기차 시간표를 보고 빌라 리테르노로 가는 다음 열차가 한 시간 뒤에 출발한다는 걸 확인하였다. 샤라를 기숙사로 데려다주어도 충분히 시간이 되기에 두 사람은 활기찬 시장 통을 지나 피아차 메르카토를 경유하여 바다까지 산책하였다. 흔들거리는 가두판매대 위에 노트북과 DVD-플레이어, 휴대폰 등이 놓여 있었다. 이곳에서 거래되는 물건들은 카모라의 조직원들이 나폴리를 두루 돌며 거두어들인 장물이라는 걸 모르는 사람은 아무도 없었다.

항구 시설을 따라 죽 이어지는 스트라다 누오바 델라 마리나 거리는 약동하는 삶의 활기를 그대로 느낄 수 있는 곳이며, 나폴리의 가장 아름다운 모습을 볼 수 있는 곳이었다. 저녁 어스름이 되어 저무는 햇살에 도시가 신비로운 빛에 휩싸였다. 여기저기에서 사랑에 빠진 연인들이 서로 포용하고 있는 모습이 눈에 띄었다. 해변 가까이 오자 카프리 섬의 불빛이 환히 보였다. 섬까지는 불과 12킬로미터쯤 떨어져 있었다.

만에서 찝찌름한 바다 공기가 실려 왔다. 시아드는 샤라의 마음을 위로하며 말했다. 중요한 것은 전쟁 난민인 샤라와 그가 캐나다에서는 망명객으로 받아들여질 것이라고. 그런 상황에서 몇 달을 더 기다리는 것은 대수롭지 않은 일이었다. 시아드는 또 캐나다에 가면 자신이 간호사로 일하게 될 확률도 상당히 높다고 말했다. 이민국 사람들이 그에게 희망을 심어 주었다.

"이곳을 떠나게 되면, 모든 게 달라질 거다. 이번엔 아빠가 100 퍼센트 확신할 수 있어, 모든 것이 더 좋아질 거라고."

13

어떤 날들은 아무 생각도 하지 않고 지나가는 날들도 있었다. 아내의 죽음이나, 사하라사막을 건너 도주하던 일, 튀니스호에서 보낸 시간들. 람페두사의 수용소도 잊을 수 있었다. 또 하미드와 교수 그, 이렇게 셋은 멀리 고향을 떠나온 이방인이 아닌 것처럼 행동하려는 날들도 있었다.

가끔 시아드는 유럽으로 도주한 것이 실수였지 않나 곰곰이 생각해 볼 때가 있었다. 그럴 때면 그는 소말리아와 모가디슈의 디그퍼 종합병원을 생각하곤 했다. 원래 내가 있을 곳은 그곳, 적어도 내가 다른 사람을 도와줄 수 있는 그곳이 아닐까, 여기서 내가 하는 일이라고는 오롯이 그렇지 않아도 가진 것이 많은 농장 주인만 더 부유해지도록 돕고 있는 일이지 않은가, 생각해 보기도 했다. 그는 자신이 지옥을 통과하는 것 같은 이 여행길에 한 번 더 발을 들여놓게 되는 건 아닌지 확신이 서질 않았다. 그래도 그는 이제는 반드시 모든 것을 견디고 싸워야 한다고 다짐하였다. 그렇게 하는 것이 결국 이런 기회조차 가져 보지 못한 고향에 있는 사람들에게 빚을 갚는 길이었다.

시아드는 하미드, 그리고 교수와 함께 앉아 있을 때가 종종 있었는데, 그러면 그들은 모가디슈의 옛 모습을 떠올리며 그리움에 잠기곤 했다. 한때 여행객들이 '도시 속의 진주'라고 극찬하던 잘 가꿔진 산책로와 노천카페가 있던 사랑스럽고 평화로웠던 수도 모가디슈. 화려한 빌라와 궁전들, 극장, 그리고 박물관 사이사이마다 카풀택시(좌석이 다 채워질 때까지 손님을 기다렸다가 출발하는 택시_옮긴이), 찌그러진 자동차, 나귀가 끄는 달구지들이 한데 뒤섞여 늘 교통 혼잡이 가실 날이 없던 곳. 길가에 세워놓은 작은 진열대에 진열된 멜론 조각과 갓 따온 자몽 열매, 그리고 과일 주스와 차를 마실 수 있던 곳. 그 모가디슈에선 이른 아침부터 신문팔이의 외침 소리가 울려 퍼졌다. 플라타너스 그늘 아래로 모여든 남자들이 흔들거리는 나무 의자 위에 앉아 잡담을 나누며 카드놀이를 하였다. 여자들은 거리를 따라 세워 놓은 탁상 위에 금은사로 세공한 금 장신구들을 진열해 놓았다. 환전꾼들은 언제 약탈 부대가 습격해 올지도 모르는데 겁도 없이 소말리아 실링 돈다발을 탑처럼 쌓아 놓고 손님을 기다리고 있었다.

한때 그림같이 아름다워 이탈리아와 같은 인상을 주었던 항구

도시. 오늘날 그 항구도시는 무성한 덤불숲에, 앞을 분간할 수 없을 만큼 빼곡하게 선인장 들판이 펼쳐져 있어 폐허의 풍경화를 그리고 있었다.

극심한 박격포 공격 때문에 가로수변의 품격 높은 건물들은 찢겨 나간 상처 자국들 투성이였고, 고급 상점들이 즐비했던 자일라 거리는 수류탄 파편에 맞아 거리 정면 이곳저곳이 부식되어 떨어져 나갔다. 예전 이탈리아 성당이었던 곳에는 그래도 아직 종탑의 일부가 서 있었다. 구 항구에 위치한 고급 호텔들 역시 총알구멍이 뻥뻥 뚫린 폐허가 되었다. 국립극장도 마찬가지였다. 건물들마다 희한하게 구부러지고 꼬인 철근들이 건물에서 튀어나와 있었는데, 그 모습이 마치 벽에서 뼈가 튀어나온 것같이 괴상해 보였다. 거리와 인도 그리고 광장에 이르기까지 온통 깨어진 유리 파편으로 뒤덮여 있어, 햇빛이 비치면 반짝반짝 빛이 났고, 발걸음을 옮길 때마다 와자작거리며 유리가 깨어지고 부서지는 소리가 들렸다.

시아드는 처음 이 도시에 왔을 때를 정확히 기억했다. 그 당시 그는 열네 살이었고, 옛날 옛적부터 낙타와 양을 끌고 돌투성이에다 이글거리는 열기로 무더운 황야를 가로질러 소말리아의 중심지로 이동해 온 유목민의 아들이었다. 그는 -다른 많은 청소년들처럼- 곧바로 이 도시를 좋아하게 되었고, 자신의 미래를 위해서 이 도시가 중요하다는 것도 잘 알았다.

오늘날 소말리아는 전 세계에 하나밖에 없는 무정부 국가이다. 사실상 구호단체는 씨도 남지 않고 모두 소말리아를 떠났다. 우체국이나 보건 및 금융 관련 제도도 없었고, 중앙에서 관리하는 전기나 수도 공급은 물론 쓰레기 수거 역시 이루어지지 않았다. 소말리아에서 넘쳐나는 건 딱 한 가지, 무기들뿐이었다.

"도대체 이 쓸데없는 살육이 끝이 나기는 날까?"

하미드가 물었다.

교수는 40년 전까지만 해도 소말리아에는 '피난민'이라는 말이 역사상 단 한 번도 존재해 본 적이 없었다고 했다. 오늘날 소말리아는 모가디슈만 보더라도, 그냥 후미진 곳을 돌아가는 데도 여러 명의 경호원이 필요할 정도가 되었다. 적십자사 차량은 게릴라들의 표적이 되었고, 아이들은 외지인들에게 사람의 해골을 내놓고 팔기도 한다. 이런 혼란에서 벗어나는 유일한 가능성은 도주밖에 없었다.

"우리나라 사람들은 아예 이성을 잃은 것 같아." 교수는 말했다. "이성뿐 아니라, 인간의 생명을 존중할 줄 아는 마음도."

새 한 마리가 큰 소리로 우짖나 싶더니, 다시 잠잠해졌다. 서서히 어둠이 내려왔다. 물결 모양의 함석이 깨어져 생긴 구멍으로 아궁이에서 나온 연기가 밀려 나가고 있었다. 대지 위로 부드러운 바람이 불어와 기분 좋은 서늘함을 선사하였다. 곧이어 달이 떴다. 둥글고 붉은 달이었다. 시아드는 세 사람 모두 서늘하고, 비밀이 가득한 달빛 속으로 잠겨 드는 것 같은 느낌이 들었다.

오늘은 몇 주 만에 비가 내렸다. 숙소 주변의 길들이 실개천으로 변했고, 노동자들의 야영지는 거대한 진흙 들판이 되었다. 이어 붙여 놓은 판자들 사이로 빗물이 새어 들어 방으로 뚝뚝 떨어졌다.

하미드는 그가 살던 샤벨레 계곡 지대의 농장 이야기를 했다. 꿀을 내기 위해 치던 벌들이며 꼼짝 않고 앉아 알을 품고 있던 암탉이며……. 그는 이 모습을 사무치게 그리워했다. 그는 또 뭉툭하게 갈아 기장을 빻는 데 쓰던 화강암 맷돌 이야기도 했다.

시아드는 예전에 살던 그의 집 이야기를 했다. 지금 같은 여름철이면 정원에 있는 사과나무와 호두나무엔 과실이 주렁주렁 열려 있을 거라고. 자동차나 비행기 소리 때문에 방해받는 일 없이 어두워지는 즉시 사방엔 고요가 내려앉았고, 집 주변을 빙 둘러 덩굴 숲처럼 풍성하게 피어 있던 노란색 꽃 사이로 가벼운 저녁 바람이 산들산들 불어왔다고. 그는 문득 달곰쌉쌀한 히비스커스 향기가 풍기는 것 같았다. 히비스커스는 황갈색 꽃이 피는 식물로 소말리아에만 서식하는 식물들 중 하나였다.

"이제 다시는 히비스커스 향기를 맡을 수 없겠지."

시아드는 마치 혼잣말을 하듯 나지막한 소리로 말했다. 희미한 불빛이었지만 그는 친구들의 눈에 눈물이 고여 있는 것을 보았다.

몇 분간 아무 말 없이 잠자코 있던 그들이 갑자기 고개를 들었다. 누군가 신발을 질질 끌며 다가왔다.

"당신들 중 누가 하미드 칼라아드요?"

하미드는 뭐라고 알아들을 수 없는 말로 투덜거렸다.

"두목한테 가 봐야겠어. 자네랑 할 말이 좀 있다는데."

세 사람은 놀라서 그 남자를 빤히 쳐다보았다. 뿌연 달빛 아래에서 그들이 알아볼 수 있었던 것은 수염을 깎지 않은 남자의 얼굴과 삐딱하게 쓴 모자였다.

"젠장, 그 작자 말이야, 하미드를 쫓아내려나 봐."

시아드가 말했다. 하미드가 경솔했던 거다. 누군가 그를 밀고했고, 그래서 결국 일이 이렇게 된 것이 틀림없었다. 교수는 아무 말도 하지 않았지만, 얼굴에 괴로운 기색이 역력했다. 하미드가 한숨을 쉬며 자리에서 일어섰다.

"우리가 함께 가 줄까?"

시아드가 물었다.

"필요 없네. 나 혼자서도 해결할 수 있어."

두목의 오두막은 아주 가까운 곳에 있었다. 이 시간 즈음이면 그는 과일 수확 일꾼들에게 줄 일당을 지불하였고, 가끔은 그의 오두막에 앉아 정산할 때도 있었다.

"뻔하지 뭐, 내일부터 더 이상 올 필요가 없으니 여기서 사라지라고 말하겠지." 하미드가 말했다. "그러면 새 일거리를 찾아 여기저기 기웃거려야 하겠지."

그들은 토마토 밭을 가로질러 바다로 이어지는 거리로 갔다. 걸을 때마다 진창에 발자국이 남았다. 축축한 흙냄새가 올라왔다. 물웅덩이 한 곳엔 죽은 쥐 한 마리가 둥둥 떠 있었다.

아름다운 밤이었다. 사방이 평화롭고 고요했다. 외로운 가로등 하나가 어둠 속에서 희미하게 빛나고 있었다. 간혹 가다 한 번씩 지나가는 자동차에서 뻗어져 나온 전조등 불빛이 밤을 밝혀 주었다. 하미드는 먼발치에서 두목의 숙소에 불이 꺼져 있는 것을 보았다.

"사람을 놀리는 거야?"

하미드는 화를 내며 욕을 하였다. 그 순간 그와 함께 왔던 남자가 그 자리에서 달아났다. '함정이다.'라는 생각이 순간 하미드의 뇌리를 스쳐 지나갔다. 그러나 하미드가 미처 어떻게 해 보기도 전에 길가에 서 있던 지프차 뒤에서 남자 네 명이 나타나 그를 에워쌌다. 그들은 눈이 아릴 정도로 밝은 손전등 불빛을 그에게 비췄다. 두 사람이 그를 단단히 붙잡았고, 한 사람은 야구방망이를 들고 금방이라도 내려칠 듯 팔을 들어 올렸다.

"너, 이 더러운 깜둥이 자식, 너무 떠들고 다녔어."

그가 방망이로 하미드의 얼굴을 내리쳤다. 무엇인가가 부서지
면서 탁 하고 갈라졌다. 하미드는 바닥으로 쓰러져, 진창에 누운
채 숨을 헐떡거렸다. 남자는 쓰러진 하미드 위에 다리를 벌리고
서서 그를 마구 구타했다. 순간 하미드는 오직 한 가지 생각만
했다.

'신이시여, 아내와 아이들을 한 번 더 만날 수 있을 때까지는
나를 죽이지 마시옵소서.'

마지막으로 남자는 야구방망이로 하미드가 거의 질식하여 죽
을 지경에 이를 때까지 그의 목을 눌러 댔다.

"자, 앞으로도 우리 일에 끼어들 거냐?"

벌써 얼굴색이 퍼렇게 변한 하미드는 마지막 힘을 다해 머리를
저었다. 그제야 남자들은 그를 놓아주었다. 멀어져 가는 목소리,
쿡쿡거리며 웃음을 참는 소리가 들려왔다. 하미드의 머리 주변
에는 피가 흥건했다. 뜨끈하고 끈적거리는 피가 얼굴로 흘러내
렸다. 코와 두 귀에서도 피가 흘러나와 찝찌름하고 쓴맛이 입속
에 남았다. 부르릉거리는 자동차 시동 소리를 마지막으로 그는
의식을 잃었다. 어두운 안개가 그의 눈앞으로 몰려왔고, 그는 끝
없는 밤의 세계 속으로 빠져드는 것 같았다.

방학이 시작된 뒤 처음 며칠 동안 샤라는 파티마와 함께 아름다운 빌라 코뮤날레에서 시간을 보냈다. 이곳은 바닷가 바로 옆에 있는 나폴리의 공공 유원지였다. 이곳의 공기에선 소금 냄새, 자유와 광활함의 냄새가 났다. 샤라가 마지막으로 행복한 시간을 보냈던 그때, 튀니지에서의 그때처럼. 공원에는 롤러스케이트 광장이 있었는데, 그곳에서는 공짜로 인력거 자전거도 빌려 탈 수 있었다. 공터마다 음악가들의 공연이 펼쳐졌다.

학기말 파티가 끝난 지 벌써 일주일이나 지났는데도, 파티에 관해선 여전히 할 이야기가 많았다. 파티 때문에 파티마는 제대로 화가 나 있었다.

"그런데 그때 산드로가 그 애한테 묻는 거야. 그 애가 나한테 자기랑 함께 갈 건지 물어봤냐고."

샤라가 쿡쿡거리며 웃었다.

"산드로가 니노에게 물었다고? 아주 복잡한 성격이다, 그 애."

어떤 사람이 조깅을 하면서 둘의 옆을 지나가는데, 입을 크게 벌리고 한껏 숨을 들이마시며 지나갔다.

"왜 그애는 나한테 직접 물어보지 않은 거니? 내가 자기랑 함께 가고 싶은 마음이 있는지 말이야."

샤라는 복잡한 파티 중에 실수로 물이 가득 담긴 샴페인 통을 쏟는 바람에 티셔츠를 버렸던 지안나 이야기를 했다. 지안나는 물에 빠진 푸들처럼 어쩔 줄 몰라 했지만, 갈아입을 옷을 구할 상황도 아니었다. 불쌍한 그 애는 그저 화장실에 틀어박혀 소리 없이 흐느끼기만 했다. 마침내 드라이어를 구해 간신히 위기를 면한 지안나는 꼬박 한 시간이 지나서야 화장실에서 나올 수 있었다.

파티마는 풋 하고 웃음을 터트렸다. 배 속 깊은 곳에서부터 터져 나오는 꿀럭거리는 웃음소리에 산책하는 사람들이 황당한 얼굴로 쳐다보았지만, 파티마는 도무지 진정하지 못했다.

종려나무 잎사귀들이 바다에서 불어오는 부드러운 바람에 쏴 쏴 소리를 냈다. 소나무와 유칼리나무 사잇길로 사랑에 빠진 연인들이 산책하고 있었다. 작은 사원과 여러 개의 조각상 옆에서 분수가 졸졸 소리를 내고 있었다. 이곳에선 남쪽 지역의 화산과 더불어 만의 놀랍도록 아름다운 풍경을 볼 수 있었다.

샤라와 파티마는 벼룩시장에 펼쳐져 있는 가판대들을 지나쳐 오며, 오래된 그림, 화려한 유리잔, 조각품, 램프, 책 더미들을 훑어보았다. 갑자기 샤라가 멈추어 섰다. 그러고는 한 가판대를 빤히 쳐다보았다. 샤라는 피가 머리로 솟구치고 관자놀이가 펄떡거리는 것 같았다.

만돌린이었다!

"시뇨라, 포소 수오나를라?-아줌마, 좀 쳐 봐도 돼요?"

늙은 부인은 친절하게 고개를 끄덕였다. 샤라는 지갑에서 빨간 픽을 꺼냈다. 네 개의 쇠줄이 살을 에는 듯 했다. 전에 튀니지의 마을에서 스테니에게서 만돌린 치는 법을 배웠을 때, 그때에도 꼭 이렇게 아팠다.

하지만 금방 감이 되살아났다.

"야, 제법인데."

파티마가 외쳤다.

악기를 돌려주는 샤라의 뺨에서 눈물이 흘러내렸다. 샤라는 생일 선물로 받았던 픽을 바라보았다. 스테니, 지금 어디 있어요? 살아 있기는 한 거예요?

"왜 그래?"

당황한 파티마가 물었다.

샤라는 갑자기 작열하는 태양 아래 두 손이 묶인 채 컨테이너 벽에 서 있던 스테니의 모습이 눈앞에 선하게 떠올랐다. 샤라는 파티마와 함께 공원 벤치에 앉았다. 그리고 스테니의 이야기를 들려주었다.

"너, 그 사람 사랑했었니?"

"스테니와 같이 있는 게 좋았어. 그것도 아주 많이."

"그러면 사랑한 거네. 적어도 조금은 말이야."

"나는 조금 사랑하는 건 사랑이 아니라고 생각해. 완전히 미치도록 사랑하거나 아니면 말거나지."

"생긴 건 어땠어?"

샤라는 바다를 바라보았다. 스테니의 생김새에 관해 이야기를 하자니, 웃음부터 나왔다.

"별로 특별한 점은 없었어. 안경은 언제나 조금 비스듬하게 코에 걸려 있었지. 턱은 진짜로 뾰족했어. 귀는 조금 처진 편이었고. 하지만 스테니의 특별한 점을 꼽으라면 바로 그 반짝이는 눈빛과 웃음 그리고 또 놀라울 정도로 깊고 부드러운 목소리랄까."

해 질 녘에 둘은 공원을 벗어나 버스 정류장을 향해 걸어갔다. 짙은 피부색을 띤 남자들 몇 명이 거지 악사들 주위에 둘러서서 박자에 맞춰 고개를 주억거리고 있었다. 샤라와 파티마는 활기 넘치는 리비에라 디 치아야를 따라 걸었다. 이 길은 분위기 넘치는 스페인 구역으로 이어졌다. 이 스페인 구역에도 샤라를 완전히 홀렸던 그 화려하고 매혹적인 나폴리가 있었다. 노상에 아름답게 과일을 펼쳐놓은 노점상들, 생선과 온갖 종류의 조개를 파는 가게들, 공기 속에 묻어나는 신선한 생선 냄새, 가판대 사이로 언제나 낑낑대며 과일 상자를 나르거나 수레를 끌고 가는 아이들을 볼 수 있었다. 나폴리 근처 일대에는 차를 배달하거나 심부름, 또는 돈을 받지 않고 조수 일을 하는 아이들이 수천 명에 달했다. 이렇게 일하여 아이들이 받은 돈으로 온 가족이 먹고 사는 경우도 많았다. 샤라는 미셸 신부의 말이 생각났다.

"나폴리의 모든 아이들이 일을 하지 않기로 결심한다면, 캄파니아 지방의 전체 경제는 순식간에 무너질 게다."

샤라와 파티마는 방학을 어떻게 보낼지 이야기했다. 샤라는 영어 실력을 늘리는 데 시간을 활용하려고 했다. 샤라나 파티마나 방학을 방학답게 즐길 만한 돈이 없었다.

"난 공부만 하고 싶지는 않아. 어쨌든 돈도 벌어야 돼. 아르바이트 자리가 필요해."

샤라가 말했다.

둘은 지저분한 오락실 옆을 지났다. 오락 기계에서 나는 소리들이 가게 밖에서도 들렸다. 술집에선 시끄러운 음악 소리가 울려왔다. 샤라는 돈을 벌고 싶었다, 자기 손으로 직접. 샤라는 어떻게 하면 돈을 손에 넣을 수 있는지도 알고 있었다. 샤라가 파티마에게 스낵바에 관해 이야기했다. 언제나 포테이토칩과 구운 고기 냄새가 샤라의 코끝을 유혹하던 곳이었다.

"그런 일을 하기에는 넌 아직 어려. 널 받아 주지 않을걸."

"계산대 뒤에 어린 사람들이 많이 서 있던데." 샤라가 말했다. "그중 몇 명은 나보다 그렇게 나이가 많아 보이지도 않았어. 난 아직 만으로 열다섯 살이 되지는 않았지만, 훨씬 더 성숙해 보인다고. 나폴리에 온 이후 날 보는 사람들마다 모두들 그렇게 말하던걸."

물론 샤라는 방학 중인 지금도 기숙사에서 부엌일과 청소 일을 했다. 하지만 어떤 식으로든 시간을 맞출 수 있을 것이다. 샤라는 친구에게 계산을 해 보였다.

"내가 저기서 여섯 시간 일하고 하루에 6 내지 7유로를 벌면, 한 달이면 대충 150유로잖아. 와, 거금이네!"

하지만 그러기엔 결정적인 장애물이 있었다. 아빠가 절대로 허락하지 않을 것이었고, 또 일하는 것이 알려지면 기숙사 입장에서도 어쩌면 문제가 될 수도 있었다. 신부님과 함께 일하는 동료 신부님들이 아동노동과 미성년자 착취에 반대하여 투쟁을 선포했기 때문이다. 샤라는 자기들에게 그렇게 관대하게 대해 주는 이곳의 규칙을 거슬러 가며 돈을 벌고 싶지는 않았다. 어릴수록 규칙에 바탕을 두고 행동해야 하는 법이니까.

"그 가게가 어디 있는지 나도 좀 보여 줘. 우리 같이 가 보자!"
파티마가 말했다.

패스트푸드 매장은 사람들이 많이 붐비는 곳에 있었다. 그날도 역시 사람들이 많았고, 계산대 앞에도 줄이 길게 늘어서 있었다. 알록달록한 셔츠를 입은 점원들은 모두 아프리카 흑인들 같았다. 샤라는 직원들을 쳐다보았다. 뒤쪽에서 야채를 썰고 있는 사람은 누구랑 많이 닮은 것 같았다. 튀니스호에서 알던 누군가와.

정말 그 사람일까?

샤라는 그 사람이 잠깐 자기 쪽으로 시선을 돌리자 확신을 가졌다. 그 사람은 선장 찰스였다! 샤라와 아빠를 유럽까지 안전하게 데려다준 그 리비아 사람. 축구 천재 찰스였던 것이다.

샤라는 소리를 지르며 손을 흔들었다. 찰스가 잠깐 쳐다보더니 미소를 지어 보였다. 매우 바쁜 것 같았다. 그는 샤라에게 기다리라는 신호를 보냈다. 자기가 맡은 시간이 곧 끝나니까 금방 오겠다고.

샤라와 파티마는 매장 앞에서 기다렸다. 둘은 초조한 마음으로 유리창을 들여다보았다. 이제 30분 뒤면 기숙사에 들어가야 할 시간이었다. 하필 오늘따라 엄한 선생님이 근무를 서는 날이었다.

드디어 찰스가 나타나자, 셋은 가까운 공원 쪽으로 몇 걸음 옮겼다. 찰스는 매장에서 포테이토칩 두 봉지와 햄버거 두 개를 챙겨 들고 나왔다. 샤라와 파티마는 뜻밖에 맛있는 것을 먹게 되자 매우 기뻐했다.

"왜 SSC 나폴리(나폴리 축구 클럽(Società Sportiva Calcio Napoli SpA). 나폴리에 위치한 산 파올로 경기장을 근거로 하는 이탈리아의 축구팀_옮긴이)에서 뛰지 않고, 이런 가게에서 이렇게 고생을 하고 있어요?"

샤라는 반쯤 농담조로 물었다.

찰스는 그저 웃기만 했다. 그들은 지난 몇 달 동안 있었던 일들을 이야기했다. 하미드와 스테니, 조이에 관한 이야기도 나눴다. 찰스는 튀니스호의 다른 승객들에 관한 소식은 전혀 모르고 있었다.

반년 전, 그는 15일 이내로 나라를 떠나라는 명령을 받고 크로토네의 난민 수용소에서 풀려났다. 독일로 떠났던 그는 크레펠트의 한 축구 클럽에서 활동했다. 그러다가 체류 허가를 받지 못해 다시 이탈리아로 돌아왔다. 플로렌스의 한 신발 가죽 공장에서 불법으로 일을 하던 그는 마침내 넉 달 전에 나폴리로 왔고, 처음엔 채소 시장에서 박스를 나르다가 패스트푸드점에서 일자리를 얻게 되었다고 했다.

찰스는 이곳 나폴리에서 비로소 인간으로서의 품위를 되찾게 되었다고 말했다. 그는 고향을 떠나온 뒤 처음으로 행복하다고 느끼고 있었다.

"먹을 수 있고, 씻을 수 있고, 집으로 돈도 좀 보낼 수 있게 되었으니까."

찰스가 이야기를 하는 동안 그의 팔에 있는 무수한 흉터들이 샤라의 눈에 들어왔다.

"뜨거운 기름이 튀어 그래." 보호용 장갑이 없을 때가 많다는 것이다. 열 시간 교대 근무를 하는 동안 감자를 튀기고 냄비와 기름이 잔뜩 묻은 프라이팬들을 닦고, 바닥과 화장실 청소는 물론 매장 앞에 흩어져 있는 쓰레기들도 모아서 치워야 했다. 오전 아홉 시부터 저녁 일곱 시까지……. 손님들 중에는 흑인을 봐서 재수가 없다며, 가득 찬 재떨이를 그의 발 앞에 던진 사람도 있었다. 하지만 그런 깡패들 몇 명쯤이야 그에게는 아무것도 아니었다.

"플로렌스에 비하면 여기는 괜찮은 편이지. 그곳의 청소년들은 집단으로 아프리카 출신 노점상들을 몰아내기도 하니까."라며 그는 씁쓸한 표정으로 말했다.

인기 축구 스타가 되려는 꿈은 아직 포기하지 않았다고 찰스는 힘주어 말했다. 그러나 정식 체류 허가서와 노동 허가서가 없는한, 클럽에서 활동할 가능성은 없다는 거였다. 그는 좀 더 장기적으로 체류할 수 있는 체류 허가서가 나올 때까지 기다려야 했다.

찰스의 말은 끊이질 않았다. 샤라는 점점 더 마음이 급해졌다. 마침내 장황한 그의 말이 끝나자, 샤라가 속사포처럼 말을 쏟아놓았다.

"찰스, 나 이 가게에서 일하고 싶어요. 지금 방학이거든요. 내가 일할 수 있을 가능성이 있겠어요?"

샤라는 돈이 절실히 필요한 자신의 상황을 찰스에게 설명했다. 물론 이걸 아버지가 알아서는 안 된다는 말과 함께. 찰스는 고개를 흔들면서 벌어진 잇새로 바람을 내보냈다.

"이 일은 네가 할 만한 게 못 돼, 샤라."

"찰스, 날 좀 도와줘요. 제발."

"꼬마 아가씨, 이 일을 너무 간단하게 생각하는데, 우리 가게에서 일을 하겠다고 사장실 앞에 모여드는 사람이 줄잡아 매일 20명씩이나 된다고."

샤라는 물러서지 않았다.

"오케이, 사장에게 한 번 말해 볼게. 하지만 기대는 하지 마라."

샤라는 찰스의 뺨에 뽀뽀를 해 주었다. 그러고는 파티마와 함께 버스 정류장으로 달려갔다.

14

하미드는 아파 보였다. 움푹 들어간 뺨, 출혈로 변색된 피부에 눈 주위엔 짙은 그늘이 드리워져 있었다.

습격을 당한 지 일주일이 지났는데도 그의 상태는 전혀 나아진 것 같지 않았다. 코뼈가 부러졌고, 머리에는 깨진 상처가 그대로 다 드러나 보였다. 왼쪽 눈은 심하게 맞은 것이 분명했다. 다친 눈꺼풀이 꽤 오랫동안 처져 있을 거라고 의사들이 말했다. 등은 온통 피범벅이었다. 이도 세 개나 부러졌다. 의사는 눈에 난 상처를 꿰맨 뒤에, 찢어진 이마를 꿰맸다. 병원에서 응급치료를 받는 데만 457유로가 들었다. 교수와 시아드가 치료비의 반을 부담했다.

하미드가 공격을 받았다는 소문이 시아드의 동료들 사이에 빠른 속도로 퍼졌다. 여유 있게 그곳을 빠져나간 범인들은 흔적도 없이 사라졌다. 하지만 모두들 알고 있었다. 그런 식으로 사람을 구타하는 무리는 미모의 부하들 밖에 없다는 것을. 결국 이 습격에는 카모라가 관여한 것을 알 수 있었다. 농장 사람들은 그들이 하미드를 죽이지 않은 것만으로도 하미드, 그 친구는 하늘에 감사해야 한다고 쑥덕거렸다.

시아드는 음식과 음료수, 약들을 챙겨 주며, 친구를 보살폈다. 시아드는 하미드에 대한 걱정이 나날이 커졌다. 한 가지 생각이 시아드의 머릿속에서 계속 떠나질 않았다. 하미드는 이 우리에 누워서 생각만 한다. 생각만 하는 것은 좋지 않다. 너무 많은 생각으로 골머리를 앓다가 사람들이 나쁜 생각에 빠져드는 것이다. 하미드는 거의 말을 걸 수 없는 상태였다. 그는 밤마다 잠을 이루지 못해 계속 진통제를 복용했다. 눈 주위는 시커멓게 그늘이 졌고, 눈은 초점을 잃은 채 멍하니 허공만을 응시할 뿐이었다. 혼이 빠진 사람 같았고, 불안할 정도로 조용했다.

미모 일당의 노여움을 산 사람은 감독관도 더 이상 일꾼으로 인정해 주지 않는다. 그건 차치하고라도 하미드는 어차피 아무 일도 할 수 없는 상태였다. 두목은 하미드에게 이 구역을 떠나라고 말했다. 그러나 시아드가 그렇게 되면 자기도 함께 떠날 거라고 위협하자 그제야 그는 한발 물러섰다. 그는 하미드를 시아드의 '치료하는 손'에 맡겼다. 그가 필요로 하는 건 건강한 노동자였으니까.

시아드는 하미드에게 우선 한두 주간 휴식을 취한 뒤에 상태를 더 두고 보자고 제안했다.

하미드는 자신의 건강과 힘, 자존감과 희망을 빼앗아 간 나라 이탈리아를 저주했다. 그는 망가진 자신의 삶을 저주했다. 고독이 점점 더 자라났다. 그는 어떠한 경우에도 지금처럼 이렇게 혼자였던 때가 없었고, 이렇게까지 세상과 단절된 느낌을 가져 본적이 없었다. 3주 전부터 그는 더 이상 소말리아에 있는 아내와 두 아들의 이야기를 하지 않았다. 차츰 다시는 가족을 만나지 못하게 될 거라는 생각이 들었던 것이다.

유럽으로 올 때 하미드는 꿈이 있었다. 바다 너머엔 더 나은 세계가 있을 거라고 확신했던 것이다. 그러나 더 나은 삶으로의 여행은 돼지우리에서 끝나고 말았다. 이 우리 속에서 그는 하루 종일 멍한 상태로 웅크리고 있는 것이다, 멸시당한 인간으로.

그날 저녁 시아드는 무슨 일이 있어도 친구와 이야기를 하고 싶었다. 시아드는 몇 걸음이라도 걸어 보자고 친구를 설득하는 데 성공했다. 하미드는 절뚝거리면서 자주 허리힘이 풀려 주저앉곤 했다. 두 사람은 수확을 마친 들판 주변을 따라 산책했다. 시아드는 하미드에게 몸이 어떠냐며 몇 가지를 물어보았다. 점퍼 주머니에 손을 넣은 채 하미드는 들판을 응시하였다. 도시가 있는 저쪽 하늘가에 밝은 빛이 비췄다. 갑자기 하미드는 무언가를 꺼내 들었다. 시아드는 깜짝 놀랐다. 그것은 권총이었다.

"진짜 총은 아닐세." 갈라진 음성으로 하미드가 말했다. "장난감 권총이지. 하지만 그걸 눈치챌 만한 사람은 아무도 없어."

"자네, 미쳤나? 이게 무슨 짓이야?"

시아드는 하미드의 창백하고 당황해하는 얼굴을 바라보았다. 하미드의 눈은 불안하게 움직이고 있었다.

"주유소가 여기서 멀지 않아. 자정이면 문을 닫지. 그 시간이면 직원 한 명만 상점에 남아서 결산을 해. 내가 전부 다 정확히 알아봤다고. 거기서……."

"그건 절대 안 돼!"

시아드는 단호하게 말했다. 그는 난감해하며 친구를 바라보았다.

"시아드, 몇 분 만에 나는 내 처지를 바꿀 수 있는 거야. 비참하기 짝이 없는 이 상황에서 벗어날 수 있다고. 이게 내가 할 수 있는 유일한 방법일세."

하미드는 권총을 구해 줄 만한 동료를 찾아 달라고 부탁했다. 시아드는 하미드의 손에서 권총을 뺏어 갔다.

"우리 둘은 전쟁을 피해 도망치지 않았나. 그런 우리가 어떻게 다른 사람들을 향해 총을 겨눌 수 있겠나."

"누구나 인간 대접을 받을 권리는 있는 법이야. 정의라는 것이 있어야지."

"정의라고." 시아드가 반복해 말했다. "손에 무기를 들고 어떻게 정의를 요구할 수 있나."

"그렇지 않으면 다른 방법이 있나? 이 비참한 구덩이 속에서 우리는 절대로 헤어나지 못할 걸세. 절대로!"

하미드는 아랫입술을 깨문 채 나지막이 울음을 삼켰다. 그러나 눈물이 계속 흘러나와 양 볼을 타고 내려왔다.

"어쩌면…… 어쩌면 우리는 유럽에서 살아남을 만큼 충분히 강하지 못한가 보네."

크고 강한 자신의 양손을 원초적으로 신뢰했던 농부, 그는 흐느껴 우느라 말을 제대로 잇질 못했다. 시아드는 그들이 람페두사에 가면 자유로 들어가는 문이 마침내 열리는 거라고 기대감에 부풀어 있을 때, 하미드가 했던 말이 생각났다.

"난 일할 수 있어. 내가 원하는 건 그저 유럽에서 정직하게 일하는 것뿐이라고."

하미드는 도시의 불빛을 보며 모자를 깊게 눌러썼다.

"소말리아에선 그들이 매일같이 나를 죽일 것 같더니만. 여기서 나는 천천히, 조금씩, 조금씩, 개죽음을 당하고 있군 그래."

샤라는 초조한 마음으로 시계를 보았다. 그 패스트푸드점에서

면접을 볼 시간이 한 시간도 채 남지 않았다. 빌린 화장 도구와 조이의 거울을 들고 샤라는 기숙사 한 구석으로 몸을 옮겼다. 하필 오늘따라 가장 친한 친구가 도와주지 않고 이렇게 내버려 두다니. 파티마는 샤라가 화장하는 걸 도와주겠다고 약속했었다. 아마 웬 남학생과 주변을 돌아다니느라고 늦는 건지도 몰랐다.

작은 화장품 통들과 립스틱, 브러시, 마스카라가 눈에 들어오자 샤라는 불안한 느낌이 들었다. 나이가 좀 더 들어 보이도록 해야 하는데……. 하지만 화장을 해서 그렇게 보이는 거라는 걸 들켜서는 안 되었다.

'나 혼자서도 할 수 있다고.'

샤라는 생각했다. 학기말 파티를 위해 파티마가 요란하게 차려 입으면서, 화장하는 걸 보아 둔 적이 있었던 것이다.

"해내야 돼."라고 말하는 샤라의 입에서 한숨이 흘러나왔다. "나는 일을 얻기 위해 노력하는 거고, 또 일을 얻게 될 거야."

샤라는 화장을 시작했다. 장밋빛 파우더를 바르고 진한 볼터치를 펴 발라 뺨에 악센트를 주었다. 그러자 나이가 들어 보였다. 샤라는 자기가 한 화장을 꼼꼼히 살펴보았다. '나쁘지 않은데.'라는 생각이 들었다. 조이의 거울은 크기가 충분했다. 머리 스타일까지도 살펴볼 수 있을 정도였다. 조이는 이렇게 화장한 그녀를 아주 자랑스럽게 생각할 것이다.

이제 눈 화장을 할 차례였다. 먼저 파랗게 아이섀도를 칠하고 검은색 마스카라를 했다. 그러자 눈이 더 커 보였고, 자기가 개방적이고 호감을 주게 생겼다는 생각이 들었다. 거울 속에 비친 샤라의 미소는 매력적이었다. 아니, 너무 예뻐 뒤로 넘어갈 지경이라고 할 만했다!

"치즈버거와 포테이토칩 1인분 시키셨죠?"라고 말하며, 샤라는 들뜬 마음에 킥킥 웃음이 터져 나와, 몇 차례 인상을 써 보았다. 손님들은 이 미소에 꼼짝 못할지도 모른다.

이런 모습으로 기숙사 앞에서 신부님에게 달려가 팔에 안긴다면 창피한 일일 것이다. 하지만 어차피 신부님의 눈에 외모는 아무래도 상관이 없었다. 학생이 녹색 머리를 했든, 얼굴에 1킬로그램짜리 쇠붙이를 달았던 말이다.

샤라는 시계를 보았다. 아직 20분이 남았다. 샤라는 립스틱을 가만히 들여다보았다. 마치 앞으로 자신의 운명이 그 립스틱에 달려 있기나 한 듯이 말이다. 먼저 입술 윤곽에 빨간 입술 선을 그린 다음, 새빨간 립스틱을 발랐다.

"안 돼!"

거울에서 그녀를 노려보고 있는 인물은 너무 지나치게 꾸미고, 화려하고, 인공적으로 보였다. 이런 가면을 뒤집어쓴 것 같은 창피한 얼굴로는 잘해 봐야 패스트푸드점 지배인의 반감만 사게 만들 것이다. 사람들에게 당장 속을 들키고 말 것이다. 더욱이 이 인형 같은 억지웃음으로 어떻게 좋은 인상을 주겠는가. 샤라는 휴대용 티슈로 급히 입술을 닦아 냈다. 그러고는 메이크업한 부분을 지워 버렸다. 샤라는 잔뜩 화가 나 거울을 탁상 위에 던졌다. 그러고는 서둘러 가까운 세면대로 갔다. 그 역겨운 표정들을 지워 내지 않고는 견딜 수 없었다. '늦어도 10분 뒤엔 출발해야 한다.'는 생각이 머리를 스쳐갔다.

샤라가 다시 거울을 들자, 유리 부분이 틀에서 어긋나 거울이 금방이라도 떨어져 나올 것 같았다. 플라스틱 틀과 유리 가장자리 사이에 무언가 끼어져 있었다. 뭘 숨겨 났나?

샤라는 거울의 틀을 잡고 흔들어 보다가 가위를 들어 플라스틱 테두리에서 거울 면 부분을 들어내었다. 몇 초 뒤 샤라는 숨이 막히는 것 같았다. 그리고 자기가 찾아낸 물건을 뚫어지게 바라보았다.

"조이, 어떻게 이런 생각을 다 했어요?"

샤라가 속삭였다.

샤라는 주말이 오기를 학수고대했다. 아빠에게 곧바로 이 뉴스를 알린다는 건 불가능했다. 혼자서 들판을 가로질러 갈 수 없었을 뿐만 아니라 또 아빠가 농장 어디에서 일을 하고 있을지도 전혀 몰랐기 때문이었다. 또 미켈레 신부에게 농장 감독관에게 아빠를 찾아 주도록 부탁을 드려 볼까도 생각해 보았다. 하지만 그렇게 되면 아빠는 틀림없이 자기에게 무슨 일이 생겼다고 여길 게 확실하다. 그래서 샤라는 하는 수 없이 주말까지 기다릴 수밖에 없었다.

드디어 아빠가 왔다. 아빠는 농장의 동료들에 관한 이야기를 했다. 그러나 하미드가 습격당한 일은 샤라에게 알리지 않기로 단단히 마음먹었다. 그는 샤라가 어딘가 전과 다르다는 느낌을 받았다. 샤라는 알 수 없는 행동을 하면서 아빠와 단둘이 이야기할 수 있는 구석진 곳을 찾았다.

딸에게서 찰스에 관한 소식을 들은 시아드는 기뻐서 얼굴이 환해졌고, 곧바로 예전 선장을 찾아가려고 했다. 그때 그는 샤라의 얼굴에서 뭐라고 말할 수 없는 이상한 표정을 눈치챘다.

"무슨 일이 있니, 샤라야?" 그가 물었다. "아빠 긴장하게 만들지 말고 어서 말해 봐. 너 무슨 일 저질렀니?"

"제 생각에는요, 시칠리아에 오렌지 수확하러 갈 필요가 없을 것 같아요. 그 일은 그냥 다른 사람에게 맡기세요."

샤라가 말했다. 딸아이가 목소리를 내리깔고 너무 거창하게 말을 하자 시아드는 뭔가 미심쩍은 느낌이 들었다.

"제 생각에요, 우린 가능한 한 빨리 캐나다로 떠나야 돼요. 오렌지 수확 일은 더 이상 필요 없어요." 당황해하는 아빠를 바라보며 샤라는 재미있다는 듯 킥킥거렸다. "아빠, 다시는 토마토를 따려고 허리를 굽히는 일은 없을 거예요. 제가 약속할게요."

샤라는 주머니에 손을 넣어 지폐 한 묶음을 꺼내 탁자 위에 올려놓았다. 200유로짜리 지폐 묶음이었다. 샤라는 노란 지폐들을 탁자 위에 펼쳐 놓았다. 창백해져 가는 아빠의 얼굴이 눈에 들어왔다.

"너, 도대체 이 돈들이 다 어디서 난 거냐?"

대답 대신, 샤라는 주머니에서 조이의 거울을 꺼내들고, 유리 부분과 틀을 식탁 위에 올려놓았다.

"조이?"

시아드가 속삭이면서 말했다. 샤라는 세차게 고개를 끄덕였다. 시아드는 지폐를 앞뒤로 뒤집어 보면서, 얼굴 표정이 어두워졌다.

"이거 진짜냐?"

"은행에서 나온 게 확실해요." 샤라가 대답했다. "거리에 있는 환전꾼들한테서 이 돈을 바꾸게 되면, 정말 대단할 거예요."

시아드는 열광적으로 지폐를 세기 시작했다. 샤라는 돈을 세는 아빠의 손이 떨리는 걸 보았다.

"2000유로라니, 도무지 정신을 차릴 수가 없구나."

시아드는 더듬거리며 말했다. 그는 누군가 돈을 빼앗아 갈까 봐 두려워하는 사람처럼 조심스럽게 사방을 둘러보았다.

"우린 이제 부자에요."

샤라가 소리쳤다.

"조이!"

시아드가 나지막한 목소리로 말했다.

"여기서 제일 가까운 여행사가 얼마나 떨어져 있죠?"

샤라는 신이 나서 물었다.

아빠는 이마를 짚었다. 여러 생각들이 꼬리를 물고 머릿속을 스쳐 지나갔다. 거울 속의 보물은 그의 인생을 통째로 변화시켰다.

시아드는 오른손에 꼈던 고무장갑을 잡아당겨 벗었다. 그는 몸을 굽혀 식물의 줄기 아래쪽을 그러잡고 마른 땅에서 줄기를 뽑아 잘 익은 토마토들을 흔들어 털었다. 그런 다음 두터운 장갑을 벗고 남은 토마토를 따려고 무릎을 꿇었다. 그는 털어 낸 토마토들을 오른쪽에 놓인 큰 플라스틱 바구니에 넣었다.

시아드는 잠깐 몸을 일으켜 세워 토마토 밭을 바라보았다. 이제 이 농장에서 보낼 시간도 정확히 열흘밖에 안 남았군. 그는 어제 받은 비행기 티켓 두 장을 주머니에 넣고 그것을 신줏단지 모시듯 모셨다.

샤라는 하루라도 빨리 떠나자고 재촉했었다. 시아드도 그러고

싫었지만, 저렴한 항공편을 발견하기가 쉽지 않았다. 게다가 그는 친구 하미드를 그런 비참한 상황에 그대로 내버려 둘 수가 없었다. 시아드는 계속 그에게 음식과 음료수, 약을 마련해 주었다. 전날 그는 하미드의 치료 경과를 보기 위해 병원까지 데리고 갔다 왔다.

성수기인 지금, 정기 노선들은 요금이 꽤 비쌌다. 토론토로 가는 비행기가 매일 다섯 편이나 있었지만, 저렴한 티켓을 구하기는 매우 힘들었다. 샤라는 청소년 요금을 적용해 항공료의 20퍼센트를 절약할 수 있었다.

시아드는 한 걸음 뒤로 옮겨 다음 토마토로 가 장갑을 끼고 광주리를 잡아당겼다.

"출발할 때까지 이곳에서 150유로를 더 벌면 캐나다에서 유용하게 쓸 수 있을 거야. 더군다나 그때까지 이 돼지우리보다 더 나은 숙소를 얻을 수 있는 것도 아니니까."

당연히 그는 하미드에게 자신이 갑작스럽게 떠나게 된 비밀에 관해 솔직히 말해 주었고, 그에게 그 돈 가운데 얼마를 내밀었다. 하지만 하미드는 한 푼도 받을 수 없다고 버텼다.

"이 돈은 누가 뭐래도 자네와 샤라의 것일세." 그가 말했다. "자네와 우리 교수 양반은 이미 나를 위해 충분히 많은 일을 해 주었어. 자네들 신세를 너무 많이 졌어."

그래도 시아드가 앞으로의 치료비를 부담하겠다고 고집을 부리자 결국 하미드도 고마운 마음으로 그것을 받아들였다. 하지만 시아드가 정말 안심을 한 것은 하미드가 비아 톨레도에 사는 몇 명의 소말리아 사람들을 도와 노점상으로 일할 수 있는 좋은 기회를 얻었다는 소식을 듣고 난 다음이었다.

아직 몇 가지 해결해야 할 일들이 있었기 때문에 나폴리에서의 마지막 날들은 신중하게 잘 계획해서 보내야 했다. 시아드는 옷을 좀 사고, 그의 부모님에게 캐나다로 이주한다는 소식을 전하기 위해 전화카드를 살 생각이었다. 그 외에 그는 나폴리에 있는 캐나다 영사관 사무실에 다시 한 번 들려야 했고, 마지막으로 찰스와 만나 이별을 고할 계획이었다.

무엇보다도 하미드와 헤어지는 것이 그에겐 힘든 일이 될 것 같았다. 그와 함께 한 지도 1년이 넘었고, 그 사이 두 사람은 친한 친구가 되었다. 그는 하미드와 함께 사하라사막을 건넜고, 그와 함께 해안가에서 경찰을 피해 몸을 숨겼었고, 함께 튀니스호에 몸을 실었었다……. 이런 친구를 두고 떠난다는 사실에 그는 가슴이 아팠다.

'이 세상 어디를 가든, 저 친구가 어떻게 지내는지, 또 뭘 하고 사는지 항상 안부는 묻고 지내야지.'

시아드는 생각했다.

정오가 지나고 있었다. 다시 한 바구니가 가득 찼다. 시아드는 바구니를 높이 들어 올리고는 토마토 집적지로 가져갔다.

기숙사에는 큰 도서관이 있었다. 그중 일부 새 책들은 미국의 한 구호단체에서 기부한 것이었다. 샤라는 그곳을 샅샅이 뒤져 캐나다와 관련된 것은 아무리 사소한 것이라도 다 찾아냈다. 인터넷으로도 검색을 하였다.

여행을 앞두고 느끼는 짜릿한 흥분이 샤라를 사로잡았다. 첫 비행기 여행인 데다가 대서양을 건너 유럽 전체만큼이나 큰 나라 캐나다로 가는 여행이었다. 아무리 거대한 온타리오 호수라도 바다와 맞먹을 수야 없겠지만, 어쨌든 환상적인 경치를 지닌 캐나다는 없는 게 없을 거라고 샤라는 생각했다.

토론토. 거기엔 세계에서 가장 높은 탑이 있고, 그곳에서 뉴욕까지는 불과 400킬로미터밖에 떨어져 있지 않다.

최근 들어 샤라는 튀니지에서의 생활이며, 사하라 사막을 건너 도망가던 일, 배를 기다리며 염소 우리에서 지냈던 일이 자꾸 생각났다.

"반쿠 죽은 이제 그만!" 불현듯 샤라는 이렇게 속삭이며 주먹을 꼭 쥐었다. "구걸도 이제 그만! 왔노라, 승리했노라."

샤라는 아빠가 미켈레 신부에게 했던 말이 생각났다.

"우리가 기대하는 것은 천국 같은 파라다이스가 아닙니다. 단지 우리의 소망은 캐나다에서 사람들이 우리를 존중해 주고, 우리가 다시는 전쟁과 추방에 대한 불안에 떨지 않는 것입니다."

샤라는 파티마와 미켈레 신부와 이별할 걸 생각하니 걱정부터 앞섰다. 샤라는 생각했다.

'여길 떠나면, 둥지를 벗어난 새와 같겠지.'

샤라는 자리에서 일어나 공동 침실로 갔다. 그리고 침대에 손을 넣어 어제 아빠에게 받은 선물을 꺼냈다. 아빠를 설득하는 일은 그렇게 어렵진 않았다. 일주일 전, 샤라가 보물을 발견했으니 축하 파티를 열어야 한다고 아빠에게 제안했을 때, 샤라는 아빠가 어떤 반응을 보였는지 똑똑하게 기억하고 있었다.

"지금 너무 기분에 들떠서는 안 돼. 새로 생긴 돈은 신중하게 써야 된단다."

아빠의 경고였다.

"그래도 예외는 있잖아요." 샤라는 아빠에게 미소를 지으며 말했다. "아무리 그래도 이 소원만은 들어줘야 돼요. 아빠가 약속까지 한 일이잖아요."

저무는 햇살 몇 줄기가 비스듬히 창문 너머로 떨어졌다. 샤라는 지갑에서 빨간 픽을 꺼내어 아빠가 사 준 만돌린을 연주하기 시작했다.